ALTE WIENER UHREN UND IHR MUSEUM

WIENER THEMEN

J&V

HEINRICH LUNARDI

ALTE WIENER UHREN UND IHR MUSEUM

Jugend und Volk Wien München

Abbildung auf dem Einband:
Gold-Email-Taschenuhr mit Miniaturmalerei, um 1800
(Aus dem Uhrenmuseum der Stadt Wien)
Buchgestaltung: Haimo Lauth
Farbfotos von Foto Dankl, Lofer/Sbg.
(Abdruck mit freundlicher Genehmigung des Emanuel-Buchdienst A. J. Walter-Verlages, Wien)
Schwarzweißfotos von Rudolf Stepanek

ISBN 3—7141—6077—9 Jugend und Volk Wien
ISBN 3—8113—6077—9 Jugend und Volk München
2. Auflage 1974
 3528-74/2/20.
Druck: Vorwärts AG, 1050 Wien, und Tusch Druck, 1160 Wien.

INHALTSVERZEICHNIS

I Sanduhr, 1664

VORBEMERKUNG

Dieses Buch ist technik- und gewerbegeschichtlichen, kunst- und kulturgeschichtlichen Themen aus dem Bereich des Uhrmacherhandwerkes gewidmet. Im ersten Teil, einer Sammlung von Aufsätzen, geht der Verfasser einzelnen Schwerpunkten der Geschichte der Zeitmessung in der Stadt Wien nach; den Abschluß bildet eine ausführliche Zeittafel zur Geschichte der Uhr. Im zweiten Teil folgt er den im Uhrenmuseum der Stadt Wien befindlichen Exponaten; er läßt sich von ihnen führen — durch die technische und die stilistische Entwicklungsgeschichte der Uhr — und führt dabei den Leser und den Museumsbesucher durch die Räume einer der größten Uhrensammlungen der Welt. Die beiden Teile des Buches ergänzen einander. Der erste Teil bereitet auf den Museumsbesuch vor. So kann der Leser mit einigen Kenntnissen und guter Einstimmung in den zweiten Teil eintreten, der ihm mit exemplarisch zu verstehenden Werkbeschreibungen einen guten Überblick über die technischen und künstlerischen Epochen gibt, auch wenn er nicht Gelegenheit haben sollte, tatsächlich von Raum zu Raum, von Exponat zu Exponat zu gehen. Die Abbildungen der wichtigsten Uhren werden ihm dabei helfen.

I. TEIL
ZUR GESCHICHTE DER ZEITMESSUNG IN DER STADT WIEN

ZEITMESSUNG IN DER ANTIKE UND IM FRÜHEN MITTELALTER

Die mahnenden oder drängenden Zeiger der Uhren beherrschen heute das Leben der Menschen. Der moderne Alltag wäre ohne die vielfältigen Zeitmesser nicht mehr denkbar.

Es beginnt mit dem Klingeln des Weckers am frühen Morgen, während des Frühstücks sieht man auf die Zimmeruhr. Fragend fällt der Blick auf die Armbanduhr, wenn man zur Haltestelle eilt, oder man vergleicht den Zeigerstand der Autouhr mit den vielen öffentlichen Zeitmessern. Minuten-, ja sekundengenau heulen die Fabrikssirenen auf, rollen die Züge aus den Bahnhofshallen, beginnen Rundfunk- und Fernsehprogramme. Bei sportlichen Wettbewerben werden die Zeiten auf Hundertstel- und Tausendstelsekunden genau angegeben, und mit unvorstellbarer Präzision erfolgen nach der Uhr Countdown und Landung bei Weltraumversuchen.

Verschiedenste mechanische, elektrische und elektronische Zeitmesser markieren heute den Zeitablauf, wie aber wurde früher die Zeit gemessen? Seit wann gibt es überhaupt Zeitmessung?

Zunächst wurde die Zeit aus den Bewegungen von Sonne, Mond und Sternen, aus dem jeweiligen Stand der Gestirne abgelesen. Sonnenauf- und -untergang markierten die erste Zeiteinteilung von Tag und Nacht. Sehr bald versuchte man, den Ablauf der Zeit genauer zu erfassen und eine Unterteilung des Tages in kleinere Einheiten vorzunehmen. Der Begriff „Stunde" findet sich bereits in der Hieroglyphenschrift.

Die ersten Meßgeräte, die eine Unterteilung der Zeit gestatteten, waren die verschiedensten *Elementarzeitmesser*, die sich der Elemente Feuer (Sonne), Wasser und Erde (Sand) bedienten.

Am weiterwandernden Schattenstrich der Sonnenuhr erkannten die Ägypter das *Verstreichen* der Stunden. Im japanischen Heer kündeten langsam abglimmende Räucherstäbchen der Feueruhren den Zeitpunkt der Wachablöse. Die als *Klepsydra* — „Wasserstehlerin" — bezeichnete *Wasseruhr* der Griechen sollte bei Gerichtsverhandlungen die sprichwörtliche attische Beredsamkeit im Zaume halten, wobei die zugemessene Zeit oft allzu rasch *verfloß*.

Im städtischen Alltag, im Gewerbe, im Haushalt, aber auch auf See markierte das Glas der *Sanduhr* das *Verrinnen* der Stunden oder Minuten. Der Begriff „Glasen" als Zeitangabe auf Schiffen weist heute noch darauf hin.

Im 6. Jahrhundert führte Bischof Gregor von Tours die Psalmenuhr als Zeitmessung ein. Es war dies eine Zusammenstellung geistlicher Gesänge aus dem Psalter, die vom Sakristan abgesungen oder gebetet wurden; die Dauer der einzelnen Psalmen von 4 bis 5 Minuten ergab die Zeiteinteilung, nach der die Ordensbrüder zu den Andachtsübungen gerufen wurden. Hiezu war lediglich der jeweils die Wache haltende Mönch berechtigt: „. . . es läute aber niemand mit der Schelle zur Mette, als nur er!"

Mit dem klösterlichen Glockengeläute vor den kanonischen Gebetsstunden — den „Horen" — war auch für den kleinstädtischen Handwerksbereich eine Tageseinteilung geschaffen, die mit der Prim die erste Tagesstunde bei Sonnenaufgang einläutete und mit der Terz das Ende der dritten Stunde angab. Die Zeitbegriffe Sext und None für die sechste und neunte Stunde sind in dem Worte „Siesta" für Ruhestunde und in dem englischen Worte „noon" für Mittagszeit erhalten geblieben. Das Wort „Vesper", eine Stunde vor Sonnenuntergang, ist in dem gleichnamigen Begriff für Jausen- oder Brotzeit in ländlichen Gebieten noch geläufig.

Im 9. Jahrhundert dienten langsam abbrennende, mit Zeitringen versehene Kerzen sowohl als bescheidene Beleuchtung als auch zur Ablesung der Nachtstunden. Auch der absinkende

Ölstand der Dochtlampen zeigte an einer gläsernen Stundenskala die Zeit an.

Bei den bisher erwähnten Zeitmessern dienten die Elemente Feuer, Wasser und Erde als lautlose Anzeiger für den Ablauf der Zeit. Die Mechanik spielt hiebei noch keine Rolle.

Die Anfänge der *mechanischen Zeitmesser* liegen leider im tiefen Dunkel. Das unter dem Begriff „Uhr" zusammengefaßte gewichtgetriebene Räderwerk mit einem Schwingkörper an der sogenannten Hemmung kam wahrscheinlich gegen Ende des 13. Jahrhunderts in Anwendung. Vorerst entstanden für Kirchen und Rathäuser große Turmuhren. Schlosser oder Waffenschmiede fertigten in mühevoller Handarbeit die Zahnräder, die Spindel und den einfachen schwingenden Waagbalken mit den Reguliergewichten. Als Antrieb des Räderwerks diente meist ein schwerer Stein oder ein eisernes Gewicht.

Durch das wechselweise Eingreifen der Spindellappen zwischen die Zähne des letzten Rades ergab sich mit dem hin- und herschwingenden Zeitregler nicht mehr eine kontinuierlich ablaufende, sondern eine immer wieder gehemmte Bewegung. Jeder Zahn fiel abwechselnd auf eine Palette der Spindel, wurde angehalten und freigegeben. Die Uhr zerlegte die endlose Zeit in kleine Teilchen und ließ sie im Gehwerk deutlich hörbar, Schritt um Schritt, *vergehen.*

Eine dieser frühen *Räderuhren* befand sich, wie wir aus historischen Aufzeichnungen wissen, auch im Turm der Wiener Stephanskirche.

DIE „AMTLICHEN“ TURMUHREN VON ST. STEPHAN

Das Morgen-, Mittag- und Abendgeläute von Kirchen und Klöstern und später die Glockenschläge des *Türmers* bildeten die wesentlichen Zeitzeichen, nach denen sich die Tätigkeit des Gewerbes und der Stadtbewohner richtete.

Der Dom von St. Stephan war seit jeher der optische und urbane Zentralpunkt der Stadt Wien. Dem Türmer oblag neben seiner Hauptaufgabe als Feuerwächter auch das Schlagen der Stunden — mit der Hand — auf der *Uhrschelle* (auch „Schälle“), wofür er, nach alten Rechnungen des Kammeramtes aus dem Jahre 1380, „pro pulsu horae“ gesondert bezahlt wurde. Als Hilfszeitmesser standen dem Turmwächter vorerst Sonnen- und Sanduhren zur Verfügung. Später bediente er sich auch einer mechanischen *Türmeruhr,* deren eisernes Räderwerk nach jeder Stunde eine kleine Glocke zum Bimmeln brachte und ihm damit ein Zeichen zum Stundenschlagen gab.

Aber schon im Jahre 1417 war, wie den Rechnungen des Kirchenmeisteramtes von St. Stephan zu entnehmen war, eine wirkliche *Schlaguhr* vorhanden. Die vergilbten Blätter berichten, daß der Ersatz von Drähten, einer Scheibe, eines Flaschenzuges für das Gewicht notwendig waren und daß „maister Hanns von Prag hat gemacht an die Uhr den hamerstil“. Dieser *Hanns der Prager,* ein Wiener Bürger, besorgte bei St. Stephan die Schlosserarbeiten und hatte auch die Uhr zu betreuen. 1424 wird wieder von verschiedenen Instandhaltungsarbeiten und Erneuerungen berichtet und „die große, die schlagende Uhr“ als „der amtliche Zeitmesser“ erwähnt. Meister *Erhart* ersetzte die alte Schelle durch eine neue Glocke im Gewicht von $36^1/_2$ Zentnern.

II Eiserne Wanduhr um 1700

Das Uhrwerk befand sich im Inneren des Turmes, unterhalb der Glockenstube, und erhielt 1426 einen Holzkasten zur Überdeckung. Das Schlagwerk kündigte lediglich die vollen Stunden; die Viertelstunden mußte der Türmer selber schlagen. Die Nachtwächter und die Wachen auf den Stadtmauern hatten, zum Zeichen, daß sie auf ihren Posten standen, mit dem sogenannten „Viertelgeschrei" zu antworten. In J. E. Schlagers „Wiener Skizzen aus dem Mittelalter" wird eine Stelle aus der Wachordnung des Jahres 1531 wörtlich zitiert: „. . . vnd als offt auf Saund Steffans Turn das viertl geschlagen vnd der Turner aufsreyt sollen die Wachter ir yeder sich gegen Im mit ainem Geschray auch melden."

Für das Aufziehen der Gewichte, für das Richten und Warten der Uhr war der *Orlei-* oder *Uhrmeister* bestellt, der zu den Amtsleuten zählte und — gleich dem Schulmeister bei St. Stephan — zu den im Solde der Stadt stehenden Personen gerechnet wurde.

Während in anderen Städten im 13. und 14. Jahrhundert auf den Türmen vorerst sogenannte *Zeigeuhren* verwendet wurden, die die Stunden anzeigten, sie aber nicht immer hörbar verkündeten, scheint es in Wien anfangs umgekehrt gewesen zu sein. Das im Turminnern vorhandene Uhrwerk betätigte den Drahtzug für den Glockenhammer, besaß aber kein außen am Turm sichtbares Zifferblatt.

1445 führten die Uhrmeister *Hanns Dreygot* und *Erasmus Grünauer* eine gründliche Reparatur durch, in deren Verlauf auch einige Änderungen vollzogen wurden. (Interessante Einzelheiten über die Zeitmesser im Stephansturm berichtete 1779 Joseph *Ogesser* in der „Beschreibung der Metropolitankirche zu Wien".)

An einem schwülen Samstagabend im Jahre 1449 schlug während eines Gewitters ein „Donnerstrahl" im Turm ein. Bei dem daraus entstandenen Feuer wurde die Einrichtung der Türmerstube zerstört. Auf der Uhrschelle hat man dieses Ereignis festgehalten, am unteren Ring der Glocke ist zu lesen: „An

St. Johannes Sonnabendtag in der 9ten Stund Nachmittag ist der Turm von wildem Feuer ausgebrennet. Anno Domini MCCCCXLVIIII."

Und im oberen Rand der Glocke stehen die Worte: „Jacob Straifling und Peter Obrecht Meister dieses Werks, Sancte Stephane bitt Gott für uns, daß er uns gnädig sey."

In der abgebrannten Türmerstube hatte sich auch ein großes Horn befunden, das mit Hilfe eines Blasebalgs betätigt wurde und den Beginn der Nacht ankündete. Nach diesem *Hornblasen* durfte niemand mehr ohne Licht auf der Straße gehen; man konnte sich jedoch von einem Laternenträger „heimleuchten" lassen. Kaiser Friedrich III. hat im Jahre 1450 den „Orgelmeister Erhart wegen Machung des abgebrannten Horns auf dem St. Stephansthurme dem Magistrat ... empfohlen ...".

Ob und wieweit bei diesem Brande die Uhr beschädigt wurde, wissen wir nicht, jedenfalls mußte sie in dieser Zeit repariert werden und erhielt ein neues Zifferblatt (wahrscheinlich nur am Werk). 1493 erneuerte der Schlosser und Uhrmacher *Veit Kutler* den Zeiger und setzte zwei neue Räder ein.

Obwohl auf einem Holzschnitt aus dem Jahre 1502 noch kein äußeres Turmzifferblatt sichtbar ist, wird schon 1501 berichtet, daß außen an der Uhr ein Zeiger und ein neues kupfernes Zifferblatt angebracht worden sei. Mit Sicherheit ist anzunehmen, daß die Turmuhr 1536 bereits ein äußeres Zifferblatt mit einem Stundenzeiger aufzuweisen hatte. Das Werk hatte eine Gangdauer von zwölf Stunden und wurde von einem Manne betreut, der von diesem Jahr an den Titel eines *Uhrrichters* führte. 1543 wurden die durchgreifenden Verbesserungen abgeschlossen, die von dem Schlosser *Sigmund Steirer* begonnen und von dessen Nachfolger *Hans Schneller (Scholler)* beendet worden waren. Es blieben anscheinend noch allerlei Mängel, denn bald danach berieten die Stadträte mit einem Nürnberger Meister abermals über vorzunehmende Änderungen.

Dem 1548 von *Wolffgang Schmeltzl* verfaßten Gedicht „Lobspruch der Stadt Wien" können wir entnehmen, daß in jener

Zeit ein von der Straße aus sichtbares, allerdings kleines Uhrzifferblatt vorhanden gewesen sein muß.

„Ein Vhr in aller höch auch steht,
Künstlich gemacht, gerecht sy geth,
Darnach sich jeder hab zu richten.
Wiewol die Ziffer clain, vernichtn
All menschen dunckt, so doch gewiss
Ein strich drey viertl ein achtl lang ist."

Da die Elle 66 cm lang ist, bedeutet „drey viertel ein achtl lang" eine Ziffernhöhe von rund 58 Zentimetern.

1554 sollte durch die Anschaffung einer neuen *Sonnenuhr* die Genauigkeitsprüfung und damit das „Richten der Uhr" verbessert werden. Dem gleichen Zwecke diente 1558 der Erwerb einer *Standuhr,* die „um 9 Gulden von dem Uhrmacher Khels im Seitzerhof" angekauft wurde.

Auf Anregung Kaiser Ferdinand I. trafen 1560 der Baumeister zu St. Stephan, der kaiserliche Uhrmacher *Moritz Behaim* und sechs bürgerliche Uhrmacher zusammen und beratschlagten über eine genauere Zeitmessung. Man kam zu dem Ergebnis, „. . . der Türmer solle ein stätte reissuhr (das ist eine ständig rinnende Sanduhr) haben, darnach er die hauptuhr richten solle und zumb dritten das man in zum werch ain klains öferl machen und winterszeit heizen solle, damit die kelten nit schaden thue".

Dies scheint aber auch nicht viel genützt zu haben, denn ein Jahr später, 1561, fertigte der Schlosser und Uhrmacher *Michael Paumbgartner* eine neue Turmuhr an, die bereits mit vier Zifferblättern, auch *Uhrtafeln* genannt, auf jeder Seite des Turmes mit je einem Zeiger die Stunden angab. Das Gangwerk besaß allerdings noch die alte Spindelhemmung mit dem Waagbalken und den verschiebbaren Reguliergewichten auf der schwingenden eisernen Stange. Ein Stundenschlagwerk kündete selbsttätig die vollen Stunden, aber die Viertel schlug der Wächter wieder mit der Hand.

In diesem Zusammenhang sei eine Sage erwähnt, die sich auf

die schweren Tage während der Ersten Türkenbelagerung bezieht. Nach mehreren vergeblichen Angriffen auf die Stadt soll Sultan Soliman geschworen haben, daß er Wien einnehmen werde, wenn die große Uhr das vierte Viertel schlägt. Da der Türmer hievon erfahren hatte, habe er das vierte Viertel einfach nicht geschlagen, wodurch es nicht zum Angriff gekommen und die Stadt Wien vom Halbmond verschont geblieben sei.

In Wahrheit hat der Türmer nie das letzte Viertel geschlagen. Da die große Uhr nur zum Schlagen der vollen Stunden eingerichtet war, hatte der Wächter die ersten drei Viertel „vermittels eines Trats" (Drahtzug zum Glockenturm) „an das Primglöckel" zu schlagen. Das vierte Viertel ließ er jedoch aus, denn es hätte vorkommen können, daß er es zu früh oder zugleich mit dem Stundenschlag angezeigt hätte, wodurch Unordnung und Verwirrung entstanden wäre. Dafür wiederholte der Türmer den Stundenschlag „von Hand aus" auf dem Primglöckel. Diesen sogenannten „Echoschlag" als Wiederholung der Stundenschläge gab es später auch selbsttätig durch ein zusätzliches Werk an der großen Turmuhr der Wiener Michaelerkirche.

1586 erhielt der Turm vier neue Uhrtafeln, auf denen diese Jahreszahl vermerkt wurde; sie ist bei späteren Erneuerungen im Jahr 1773 zum Andenken beibehalten worden. 1587 machte *Meister Paumbgartner* selbst noch einige Verbesserungen, erneuerte die Spindel und fertigte neue Aufziehräder sowie neue Kloben und zwei Gewichte für die Waagunruh an. 1608 wurde eine neue Sanduhr angeschafft, und 1636 brachte der Uhrmacher *Joachim Müller* „eine Türmer-Weckuhr zur Erhaltung der rechten Stunden" im Wächterstüberl an. Hier wird also zum ersten Male von einer mechanischen Räderuhr — als Kontrollzeitmesser für das Turmuhrwerk — gesprochen.

Weit über hundert Jahre leistete das von Michael Paumbgartner geschaffene große eiserne Räderwerk seinen Dienst, doch dann waren die Räder, Zapfen und Lager weitgehend abgenützt. So beschloß man, ein neues Werk herstellen zu lassen, und bald danach konnte man lesen, daß der löbliche Magistrat der Stadt Wien verordnet habe, bei St. Stephan auf dem großen Turme eine neue Uhr zu verfertigen. Der Schlossermeister und Uhrmacher *Jacob Joachim Oberkircher* erhielt den Auftrag und begann 1699 mit der Arbeit, wofür ihm 1200 Gulden kontraktmäßig zugesagt wurden. Diese Uhr war wesentlich genauer gearbeitet, verfügte schon über den um 1680 erstmalig verwendeten rückführenden *Ankergang* (William Clement, London), besaß eine Art von Rollenlagern und ein *Pendel* als Regulator. Im Jahre 1700 konnte die Uhr im Turm eingeweiht und das majestätisch-langsam schwingende Pendel von rund fünf Meter Länge in Bewegung gesetzt werden.

Auf allen vier Seiten des Turmes gab es nun einen großen und einen kleinen Zeiger. Allerdings gab der große, fast zwei Meter lange Zeiger (1 Klafter + 4 Zoll) die Stunden an, während der kurze, über ein Meter lange Zeiger im kleinen inneren Kreis des Zifferblattes mit den römischen Ziffern I bis IIII nur die Viertelstunden anzugeben hatte. Der herzförmige Gegenschwung des Stundenzeigers hatte eine Breite von 60 cm (zwei Schuh). Die Ziffern besaßen ebenfalls eine Höhe von mehr als 60 cm, und die Striche waren zwei Zoll breit. Für die *Richtung*, das genaue Einstellen der Uhr, gab es einige Sonnenuhren, eine davon mit der „Mittagslinie", die der gelehrte Pater Franz berechnet hatte und die später, 1742, neu gezogen wurde. Nach 1770 fertigte der in der Mechanik berühmte Pater David a. S. Cajetano, ein Mönch des Augustiner-Hofklosters, eine sehr künstliche und genau gehende Pendeluhr an, die als Kontrollzeitmesser in der Türmerstube verwendet wurde.

An der von Oberkircher hergestellten Uhr mußten erst in den Jahren 1772 und 1813 größere Reparaturen durchgeführt werden. Im Zusammenhang mit den notwendigen Bauarbeiten und der Abtragung eines großen Teiles der Turmspitze im Jahre 1861 wurde die Uhr entfernt. Sie befindet sich seit 1965 im Uhrenmuseum der Stadt Wien. —

Eine genaue Überlieferung, wann, wo und von wem die

erste *Räderuhr* „erfunden“ oder geschaffen worden ist, besitzen wir leider nicht, doch scheinen die englischen *Turmuhren* in der Zeit nach 1280 die ältesten zu sein. Außer dem nur die Stunden „zeigenden“ Gehwerk erhielten die Uhren im zweiten Drittel des 14. Jahrhunderts auch ein Schlagwerk, das die Zeit akustisch angab, zum Beispiel die Turmuhren von Mailand im Jahre 1336 und von Augsburg um 1364. Ein halbes Jahrhundert später kündeten die Kirchenuhren auch schon die Viertelstunden (1389 Rouen, Frankreich, 1392 Wells, England). Die für die Zahl der Viertel- und Stundenschläge besonders eingeteilten Schlag- oder Schloßscheiben stellten praktisch die ersten Ausführungen mechanischer Programmsteuerung dar. Wahrscheinlich waren hiefür die verschiedenen „Zuhaltungen“ kunstvoller Torschlösser die notwendigen Anregungen. Mit manchen Turmuhren waren aber auch Bewegungsautomaten verbunden, die Figuren agieren ließen. So im Straßburger Münster (1354) und beim Nürnberger Männleinlaufen (1361).

Mittelalterliche *Zimmeruhren* mit Gewichtzug besitzen kein geschlossenes Gehäuse, ihr Räderwerk ist offen und frei sichtbar. Auf den tragenden Strebepfeilern ruhen die spitzbogigen Kreuzrippen des Glockenstuhles, mit blätterartigen Krabben geziert und einer Kreuzblume als Abschluß. Im zumeist durchbrochenen Ziffernring gibt es nur den Stundenzeiger.

Ein erster schriftlicher Hinweis auf eine Zimmer-Wanduhr findet sich nach 1318 bei Dante Alighieri:

> „Und wie gemessenen Ganges
> der Uhren Räder tun:
> in voller Eil zu fliegen scheint das letzte
> das erste scheint, wenn man's beschaut, zu ruh'n.“

Dieses letzte, „fliegende“ Rad ist aber nichts anderes als die schnellbewegte *Unrast,* jener mit einem Radkranz umgebene Waagbalken, der Vorläufer der heutigen *Unruh* oder *Balance* in den Kleinuhren. Das nur sehr langsam abwärtssinkende Zuggewicht bewegt kaum merkbar das erste Antriebsrad, das „wenn man's beschaut“, zu ruhen scheint. In besonders kunstvoller Ausführung ist die alte Unrast an den gotischen Uhren zu sehen. Die Bezeichnung „gotisch" verwenden wir hier mit Recht, denn die Zeitmesser stellen in ihrem Äußeren oder dem Gehäuse sehr oft verkleinerte Abbilder architektonischer Bauwerke dar.

DIE UHREN DES MEISTERS BEHAIM

Von dem im Zusammenhang mit der Uhr zu St. Stephan bereits erwähnten kaiserlichen Uhrmacher *Moritz Behaim* stammt die im Jahre 1559 hergestellte älteste erhaltene Wiener *Federzuguhr.* Sie befindet sich heute im Besitz des bekannten Uhrensammlers Joseph *Fremersdorf* in Luzern.

Erwin *Neumann* vom Kunsthistorischen Museum in Wien hat diese Uhr in einer 1967 erschienenen Monographie eingehend gewürdigt. Die Restaurierung der Uhr war vorher von dem Luzerner Altmeister Traugott *Niederberger* sachkundig durchgeführt worden.

Wie aus einer Aufstellung der ältesten Wiener Uhren-Meister ersichtlich ist, wirkten im frühen 16. Jahrhundert neben den Uhrbetreuern des Stephansdomes in Wien auch verschiedene *Hofuhrmacher,* wie *Hans Zeller, Felix Fabian* und der berühmte *Mauritius Behaim* (Behaimb, Behamb, Behem). Nach 1540 führte Behaim für Ferdinand I., den Bruder Kaiser Karls V., verschiedene Arbeiten aus. Behaim, der Sohn eines Uhrmachers, war auf Grund seiner großen Fähigkeiten an den Hof berufen worden.

Nach 1549 betrieb er sein Kunsthandwerk bereits in einem eigenen Hause „am alten Kholmarckt beim Beylerthor“ (Peylertor, Peyerturm).

An diesem Hause sollte eine vom Vater stammende öffentliche Uhr zur Aufstellung gelangen, die neben den Stunden auch den Stand der Sonne und des Mondes im Tierkreis, das Mondalter und den Kalender zeigen konnte. Sie war mit Stunden- und Viertel-Schlagwerk ausgestattet, besaß ein Spielwerk mit elf Glocken und mehrere „Mandln“ und „menner“ als bewegliche Figuren, die trinken und Trompete blasen konnten. Die eingehende Beschreibung der Uhr stammt von Meister Behaim selbst und wurde in einem an König Ferdinand I. gerichteten Gesuch angeführt. Ob und wie lange diese Uhr am Hause auf dem Kohlmarkt in Funktion war, ist ungewiß.

1558 erhielt Behaim taxfrei die Bewilligung zur Errichtung einer „Hütte“ bei St. Michael. Die Tätigkeit des Meisters erstreckte sich nicht nur auf Wien, sondern führte ihn auch nach Wiener Neustadt und Prag. Bei der 1561 erfolgten Kommissionierung der von Meister Michael Paumbgartner verfertigten Turmuhr von St. Stephan wird Behaim vom Oberkämmerer der Stadt Wien, *Hanns Übermann,* als „Sachverständiger“ für Uhren und als „Uhrmacher der Königlichen Würde zu Böhmen“ bezeichnet. Er war somit ein allseits geehrter und geachteter Mann.

Eine seiner Uhren befand sich ehemals in der Figdorsammlung und war später bis 1945 im Besitz des Historischen Museums der Stadt Wien. Diese aus vergoldeter Bronze bestehende türmchenförmige Renaissanceuhr ist leider den Kriegsfolgen zum Opfer gefallen. Sie trug die Signatur: „REGIE MAIESTATIS HORALOGIORUM ARTIFEX MAGISTER MAVRICIVS BEHEM WIENNE ME FACIEBAT ANNO 1554“ (Königlicher Uhren-Künstler Meister M. B. Wien mich machte 1554).

Eine im Historischen Museum in Frankfurt am Main verwahrte Horizontalsonnenuhr ist mit folgendem Text signiert: „HOC OPVS FECIT MAVRICIVS BEHAMB anno 1558“ (Dieses Werk hat gemacht M. B. 1558). Als Neigungsmesser mit Lot und Gradeinteilung und der eingebauten Magnetnadel diente das Gerät auch als Grubenkompaß.

Die eingangs erwähnte Federzug-Tischuhr mit der Signatur: „ME FECIT MAGISTER MAVRICIVS BEHAEMB IN VIENNA ANNO 1559“ (Mich hat gemacht Meister M. B. in Wien im J. 1559) stellt das wichtigste Stück seiner Meisterarbeiten dar. Die Uhr ist früher in wechselndem Privatbesitz gewesen. 1893 wird sie unter anderem bei der Versteigerung der „Spitzer-Sammlung“ angeführt. 1906 befand sie sich in der Sammlung von Paul *Garniere* in Paris. 1916 wird sie wieder versteigert, und 1963 scheint sie bei einer Auktion in Paris auf, wo sie von Joseph *Fremersdorf* aus Luzern erworben und in dessen kleine, aber mit erlesenen Stücken ausgestattete Sammlung kostbarer Uhren aufgenommen wird.

Der wertvolle Zeitmesser sieht der im Wiener Kunsthistorischen Museum befindlichen „Jeremias Metzger-Uhr“ ähnlich, hat eine Höhe von 26 cm und mißt an der Grundfläche 15 cm mal 10 cm. Das Gehäuse besteht aus feuervergoldeter Bronze. Das Werk selbst ist fast ganz aus Eisen verfertigt, nur die Schnecke wurde aus Bronze gegossen. Während bei den meisten derartigen Uhren im Laufe der Zeit ein Umbau auf ein kurzes Spindelpendel erfolgte, ist bei dieser Uhr glücklicherweise die alte Radunruh erhalten geblieben. Zu beiden Seiten des Gehwerkes sind die Schlagwerke in Verbindung mit zwei Schloßscheiben für Viertel- und volle Stundenschläge angeordnet. Die Glocken sind aus Bronze gegossen. Die auf beiden Gehäuseseiten angebrachten Zifferblätter zeigen die Ziffern 1 bis 12 und tragen je zwölf kleine Tastknöpfchen, die das Ablesen der Stunden bei Dunkelheit ermöglichen.

DIE VERSCHOLLENE KUNSTUHR VOM BÜRGERLICHEN ZEUGHAUS AM HOF

Während es ungewiß ist, ob die Kunstuhr von Altmeister Behaim tatsächlich am Kohlmarkt je zur Aufstellung gelangt ist, wird von einer anderen, 1702 vollendeten Uhr sehr ausführlich berichtet, die sich einst in Wien im Bürgerlichen Zeughaus Am Hof befand. 1773 ließ nämlich Bürgermeister *Joseph Georg Hörl* (wohnhaft in dem Unterkammeramt auf dem Hof im dritten Stock) in einem „Avertissement" bekanntgeben: „. . . ein . . . chronologisch-astronomisches Uhrwerk . . ., von welchem man . . .. wegen seiner besonderen Vollkommenheit . . . mit gutem Grunde sagen kann, daß seinesgleichen in ganz Europa nicht existiere." Es befindet sich in dem Zeughaus Am Hof, „und . . . so wird hievon allen respective höchst und hohen Herren Liebhabern von dergleichen besonderen Seltenheiten hiemit geziemende Nachricht ertheilet, daß man dieses Kunstwerk zu erkauffen Belieben tragen würde".

Nach den alten Beschreibungen soll es eine zirka drei Meter hohe, pyramidenförmige, aus Holz gebaute, mit vielen silbernen Figuren und Laubwerk verzierte Uhr gewesen sein. Bei einer 1729 vorgenommenen gerichtlichen Schätzung ergab das „hieran befindliche 13lötige Probesilber ein Gewicht von 259¹/₄ Mark".

Auf den vielen Zifferblättern waren abzulesen: die wahre Sonnenzeit, die mittlere Sonnenzeit, der Auf- und Untergang der Sonne und die Tageslänge, die Bewegung der Sonne in der Ekliptik und die Jahreszeiten, die heliozentrische Bewegung unseres Planetensystems, die Bewegung des Mondes und der Mondviertel, die Zahl der Neumonde seit Christi Geburt, die Sternzeit und die Bewegung des gestirnten Himmels für den

Horizont von Wien (Auf- und Untergang der Sterne), die Elemente zum ewigen Kalender, Epakten, Sonnenzirkel, goldene Zahl, Römerzinszahl u. a. m. Mit dem Uhrwerk standen auch verschiedene Spielwerke in Verbindung: ein Glockenspiel, ein Orgelspiel, ein Trommel- und Pfeifenspiel und ein Spiel auf Stahlstäben.

In einer in der Stadtbibliothek befindlichen Verkaufsankündigung heißt es: „Zum Ausrufspreis wird der Betrag von 8685 fl C. M. bestimmt." In der „Geschichte der Klerisey" (Ghelensche Schriften, Wien 1788) ist neben einer ausführlichen Beschreibung der Uhr auch zu lesen, daß sie „durch den Frater David a. S. Cajetano, Konversen des Augustinerordens der Barfüßer ... im Jahre 1770 wieder ganz neu hergestellt wurde".

Welchen Weg dieses Kunstwerk in den zweihundert Jahren seither genommen hat und ob es überhaupt noch existiert, war trotz intensiver Forschung nicht festzustellen. (Eine ausführliche Geschichte dieser Uhr findet sich in dem Werk: Walter *Hummelberger*, Das Bürgerliche Zeughaus; Wien 1972.)

AUS ALTEN MEISTERBÜCHERN

Sowohl die großen *Turmuhren* als auch die kleineren an der Wand befestigten *Hausuhren* bestanden anfänglich ganz aus Eisen und wurden von Feinzeugschmieden oder Schlossern hergestellt. So waren auch die Uhrenbauer von 1370 bis über die Mitte des 16. Jahrhunderts hinaus mit den Schlossern in einer gemeinsamen Zunft vereinigt. In manchen Gebieten gehörten auch noch die Sporer, Büchsen- und Windenmacher in den handwerklichen Zusammenschluß, den uns alte Zunftwappen bildhaft darstellen.

Bedingt durch die im 15. Jahrhundert erstmals verfertigten Federzug-Tischuhren und die Herstellung kleiner tragbarer Uhren am Beginn des 16. Jahrhunderts, kam es 1581 zu einer Trennung der *Kleinuhrmacher* von der Schlosserzunft. Sie gaben sich eine eigene *Gesellenordnung* und hatten 1690 eine *gemeinnützige Lade,* die „Mittel der bürgerlichen Kleinuhrmacher".

Zu den Kleinuhren zählten damals auch alle Standuhren mit Federzugantrieb. Die bürgerlichen *Großuhrmacher* besaßen zwar bereits 1621 besondere Meisterstückvorschriften, konnten sich aber erst im Jahre 1770 von der Schlosserzunft lösen.

Neben den *bürgerlichen Uhrmachern,* die in der Zunft vereinigt waren, gab es noch die *freien Künstler* und — wie in anderen Handwerken — die *hofbefreiten* oder den Schutz eines Adeligen genießenden Meister. Das Kennzeichen des Bürgers waren verschiedene Rechte und die Unterstellung unter das Stadtgericht. Hofbefreite waren von den bürgerlichen Lasten wie dem Wachdienst befreit und unterstanden auch nicht dem Stadtgericht. Der den Hofschutz genießende Handwerker, auch als Hofkünstler und Kammerkünstler bezeichnet, wurde allerdings meist nur für die Dauer bestimmter Aufträge an den Hof eines Fürsten berufen und mußte später wieder weiterziehen.

Am großfürstlichen sowie am Königs- und Kaiserhof fanden jedoch hervorragende Meister eine Dauerstellung, sie erhielten oft den Titel eines „Kammerdieners“ oder „Kammerportiers“, ohne daß damit eine dementsprechende Dienstleistung verbunden gewesen wäre. Sie waren aus der Gruppe der Fachgenossen herausgehoben und wurden als Handwerker Mitglieder des Hofstaates.

Die Bezeichnung *Hof-Uhrmacher* oder *„k. k. Hoflieferant“* war nicht mit dem Hofschutz verbunden, diese Meister blieben Bürger.

Das Zunfthandwerk besaß in den Soldaten- und Hofhandwerkern, den Hofbefreiten oder „Dekretierten“ eine arge Konkurrenz, da jeder Erzherzog mit eigenem Hofhalt auch eine Reihe von Facharbeitern beschäftigte. Hatten sie für des Herzogs eigenen Bedarf nicht genug zu tun, dann übernahmen sie auch Bestellungen von den Bürgern der Stadt. Ohne Steuerlast, an keine Preisvorschriften gebunden, ja sogar ohne Meister zu sein, lieferten sie billiger als die „Zünftler“. Auch suchten die sehr bescheiden entlohnten Männer der Stadtwachen häufig einen handwerklichen Nebenverdienst.

Dem verdienstvollen Sammler, Chronisten und Begründer des Wiener Uhrenmuseums, Rudolf *Kaftan*, verdanken wir eine Reihe von Abschriften aus den ältesten erhaltenen Meisterbüchern, die uns einen aufschlußreichen Einblick in die Handwerksordnung des Berufes gewähren. Dabei drückt sich in den Meisterstückvorschreibungen die technische Entwicklung, die ständige Verbesserung der Uhrwerke aus.

Die erste handschriftliche Eintragung lautet: „Heunt 1657 dato 15. Sept. seindt dem Herrn Matthias Wiedemann auf dessen freundliches Ersuchen von einem ehrsamben löblichen Handwerk das gebührende Meisterstück als: Eine Schlagwerk habende Viertel-Stutzen mit Monschein und Monatstag nach Ordnung vermöge der artikul auf ein halbes Jahr zu verfertigen aufgegeben worden."

Unter dem Ausdruck *Viertel-Stutzen* ist nach heutigem Sprachgebrauch eine Kommoden-Standuhr zu verstehen, für die allerdings noch viele andere Bezeichnungen gebräuchlich sind. Als *Stutzuhr* bezeichnet man im 16. und 17. Jahrhundert alle kleineren — nicht an der Wand hängenden — mit Federzug ausgestatteten Zeitmesser. Nach den Renaissance-Türmchenuhren, den Kruzifix-, Kreuz- und Monstranzuhren des 16. und 17. Jahrhunderts, deren Gehäuse vorwiegend aus vergoldetem Metall bestanden, bauten die Uhrmacher in der Barockzeit ihre Werke in verglaste Holzgehäuse ein, die man ebenfalls als Stutzuhren, aber auch als *Stockuhren* bezeichnete. Bei den Wiener Uhrmachern waren auch der Name *Barockuhr* und die Bezeichnung *Altdeutsche Standuhr* üblich.

Neben diesen größeren Zeitmessern forderten die Prüfungsvorschriften die Anfertigung von *Reiseuhren* oder *Sackuhren*. Während 1682 neben dem Stundenzeiger ein *Viertelweiser* genügte, heißt es 1723 in einer Vorschreibung, daß das Werk außer vielen anderen Anzeigen „auch die Minuten weisen muß".

Am 14. September 1682 erhielt Johann Wolfgang Winkler folgendes Meisterstück vorgeschrieben: „Es ist zu verfertigen eine Repetier-Stutzen, so Viertel und Stund schlägt mit Monschein, Monatstag und Monatsalter samt Kalenderscheibe mit dem Viertelweiser ohne Luft mit den Reibscheiben samt dem Gehäuse, wie auch eine kleine Reiseuhr mit Stund und Monschein nach Alter und Monatstag samt dem Gehäuse und Futteral nach Ordnung der Artikeln auf ein halbes Jahr."

Eine andere Vorschreibung: „Anno 1713 den 25. Marty seyndt Herrn Adam Blederl von einer löblichen Kunst der Herrn bürgerlichen Kleinuhrmacher auf sein freundliches Ansuchen die gebührende Meister oder Kunststück als nemblich: Ein Stockuhr auf 8 Tag, welche zu einem jeden Viertel die stund von sich selber repetiert und auch durch Ziehung solches verrichten muß, auch mit dem, carillon, nebst einem Wöcker, auch muß sie den Monschein, Monatstag, Monsalter weisen, alle Werker außer dem Wöcker mit Schneggeen. In dem oberen einen Egg soll angericht werden, daß das Schlag- und Viertelwerk kann gestellt werden, in dem andern Egg zum früh und spat richten sambt Feder, unten am Egg den Pependickl zu spehren, neben dieser soll gemacht werden eine kleine Sackuhr, so auch den monschein, monathstag und monsalter weist, auch Geheis und Futter sambt Ketten nach Ordnung der articul auf ein halbes Jahr zu verfertigen aufgegeben worde. Datum die et anno ut supra."

Am 26. April 1723 erhielt Herr Antoni Millög folgende Aufgabe gestellt: „Es ist eine kleine Sackuhr zu verfertigen, welche die Viertel und Stunden von selbst schlägt und, wenn man will, auch die Viertel und Stunden und halben viertel repetiert. Auch muß sie die Minuten, Stunden, Monatstage, den Mondschein, das Monatsalter samt den sieben Planeten weisen, sambt Ketten und Federn, Gehäuse in einem halben Jahre recht und gut verfertigen."

Nach 1765 wurden als Probearbeiten für die Meisterprüfung nicht mehr zwei Uhren (Stockuhr und Sackuhr) verlangt. Von diesem Jahr an ist es nur noch die Sackuhr- oder Taschenuhr, dafür schon mit anderen Hemmungen als dem Spindelgang. „Anno 1764, den 18. Dezember, hat Herr Joseph Riedl seine Anweisung zum Meisterstück bekommen, und zwar eine französische Repetieruhr mit Silinder, welche Stunden schlägt, in der Zeit von sechs Monaten zu verfertigen."

III Kommodenstanduhr um 1775

UHRENMANUFAKTUR UNTER JOSEPH II.

Unter den einstigen Zunftgefährten der Uhrmacher und Schlosser gab es nicht immer Einigkeit. Aber auch die Groß- und Kleinuhrmacher vertrugen sich schlecht. Eigenartigerweise gibt es in der Chronik zwei verschiedene Darstellungen. Während auf der einen Seite von Schwierigkeiten in der Abgrenzung der Befugnisse für Groß- und Kleinuhrmacher die Rede ist, den Großuhrmachern die Herstellung, der Verkauf und die Reparatur von Taschenuhren verboten wird, kann auf der anderen Seite der Bedarf an Kleinuhren nicht gedeckt werden. Waren 1657 nur vier Meister zugelassen, durften es 1736 bereits zehn sein, und 1780 werden 19 Uhrmacher angeführt, doch reichte auch diese Zahl noch nicht aus; es wurden Uhren, vorwiegend aus der Schweiz, eingeführt — oder geschmuggelt. 1795 wird dennoch den Großuhrmachern das Halten von Gehilfen für kleine Arbeit untersagt. Das geht so weit, daß ihnen sogar verboten wurde, auf dem Ladenschild eine Sackuhr aufzumalen.

Den Wünschen der österreichischen Gewerbepolitik, in Wien oder Österreich eine eigene Uhren-Industrie zu entwickeln, kamen verschiedene Umstände zustatten. Aus politischen Gründen waren verschiedene Genfer Familien, überwiegend Uhrmacher, aus ihrer Heimat vertrieben worden. Ihrem Ansuchen um Schutz und Niederlassung wurde deshalb wohlwollend entsprochen, und so kam es, daß die Schweizer 1785 in Konstanz (damals zu Österreich gehörig) angesiedelt wurden. Innere Zwistigkeiten ließen jedoch keinen Erfolg aufkommen.

Zum Teil mit diesen Facharbeitern, zum Teil mit anderen aus Genf herbeigeholten Uhrmacherfamilien unternahm Kaiser

Joseph II. 1789 den Versuch, in Wien eine Uhrenmanufaktur ins Leben zu rufen. Die Verleihung von Privilegien, Beistellung von Räumlichkeiten und finanzielle Unterstützungen sollten dabei helfen. Es kam zur Ansiedlung einer Uhrmacherkolonie, insgesamt zogen nach und nach 93 Meisterfamilien mit ihren Gehilfen zu. Unter vielen anderen der Uhrstempelmeister *Franz Leopold Stöckel* und der Sackuhrspindelhersteller *Peter Magnin*, der 1788 die Fabrikationserlaubnis erhielt.

In einem Handschreiben des Kaisers vom 7. März 1789 wurde ein Wiedner Pfarrhof, das Noviziatshaus des 1787 aufgehobenen Piaristenklosters (heute Ziegelofengasse), den zugezogenen Schweizer Uhrmachern als Unterkunft und Fabrikshaus angeboten. Es wurde dann nach den Plänen des Baudirektors *Cereni* umgebaut, mit kaiserlichen Vorschüssen wurden Werkzeuge und Material beschafft, eine zollfreie Einfuhr aller Habseligkeiten der Einwanderer angeordnet und ein weiterer Vorschuß von 20 000 Gulden für die Ausbildung von Lehrlingen gegeben.

Unter der Direktion von *Peter Cabrit*, *Franz Chavannes* und *Josef Pompejo* begann die Arbeit. Für die Taschenuhren waren neun Lehrlinge eingeteilt, bei *H. Resch* sollte einer Graveur werden, *Franz Billard* war mit einem Kollegen für Uhrfederherstellung ausersehen, und *Anton Chavantour* sollte drei Lehrlingen das Schmelzen und Schreiben der Zifferblätter beibringen, *Josef Alleoud* drei Mädchen das Herstellen der Triebketten lehren. Damals mußten die Lehrlinge bei den bürgerlichen Uhrmachern eine Lehrzeit von 5 Jahren bestehen (wenn sie auch die Kleidung erhielten, von 6 Jahren). Bei den Großuhrmachern war es ein Jahr weniger.

Im Sommer 1789 waren durch den Zuzug die Räume im Piaristenkloster zu klein geworden, sodaß zusätzlich Werkstätten errichtet werden mußten. Über der Eingangspforte kündete eine Tafel in Goldbuchstaben: „Kaiserlich königliche priv. Genfer Uhrenfabrik".

Einem Bericht der niederösterreichischen Regierung vom

18. Februar 1790 an die vereinigten Hofstellen ist zu entnehmen, daß 93 meist selbständig arbeitende „Fabrikanten“ mit ihren Familien und Gehilfen vorhanden waren. Neben allen Uhrteilen wurden auch die verschiedensten Werkzeuge und Uhrmacherfeilen hergestellt. Es handelte sich also richtiger um eine Arbeitsgemeinschaft von Fachleuten und nicht um eine „Schweizer Uhrenfabrik“. Insgesamt dürften an die 250 Menschen daraus ihren Erwerb gezogen haben. Die Zahl der Lehrlinge betrug zeitweise bis zu 60. Es bestand auch die Idee, Findelkinder aus den Waisenhäusern auf Staatskosten zu Uhrmachern ausbilden zu lassen.

Trotz aller Förderungsmaßnahmen blieb der Erfolg weit hinter den Erwartungen zurück. Es wurden zwar an die 2000 Taschenuhren verfertigt, ein Vielfaches dessen, was die bürgerlichen Uhrmacher Wiens bisher geleistet hatten, aber es war doch nur ein kleiner Teil des tatsächlichen Bedarfes, wobei die Erzeugungsquote starken Schwankungen ausgesetzt war und im Jahre 1796 nur 800 Stück betrug. Die Unruhen der Französischen Revolution, die darauffolgenden Kriege und die Differenzen innerhalb der Kolonie führten nach und nach zur Auflösung.

Im Bericht der Fabriksinspektion war in den ersten Jahren ein kleiner Überschuß zu vermerken, 1792 aber betrug der Abgang mehr als 2000 fl, stieg 1793 auf fast 10 000 fl und führte gegen die Jahrhundertwende zum Ruin. 1801 erfolgte endgültig die Kündigung der Quartiere, und so ging im Spätherbst dieses Jahres ein wohlgemeintes Experiment Kaiser Josephs II. zu Ende. Zum Teil fanden die Uhrmacher bei den Wiener Meistern Aufnahme, manche mögen auch in den Hofdienst übernommen worden sein; im weiteren Verlauf scheinen jedenfalls eine Reihe jener aus der Schweiz stammenden Namen als bürgerliche Uhrmacher in Wien auf.

DIE ASTRONOMISCHE KUNSTUHR DES CAJETANO

Am 21. März 1769 ist in Wien von dem Augustinermönch *Cajetano (David Ruetschmann)* eine der bedeutendsten Kunstuhren vollendet worden. In diesem komplizierten Räderwerk sind zahlreiche astronomische Festwerte gespeichert. Ihre Auswertung durch Zeiger, Zifferblätter und Schauzeichen stellt praktisch den Beginn der Datenverarbeitung, der Programmsteuerung und die Voraussage künftiger Aspekte, auf der Basis von damals neuartigen Zahnradübersetzungen, dar.

Im Verlauf der Zeit hat die Uhr getreulich Tage, Monate und die 200 Jahreszahlen ihres Daseins verzeichnet, hat alle Finsternisse gezeigt und die Bewegungen der Gestirne rund um die Sonne veranschaulicht. Ein besonders eindrucksvolles Beispiel ihres Könnens lieferte sie am 5. Februar 1962. Die Zeitungen berichteten damals: „Erstmals seit mehr als 400 Jahren werden alle Planeten, zusammen mit Sonne, Mond und Erde, nahezu in einer Linie stehen. Abergläubische Menschen sehen darin ein unheilvolles Zeichen und sprechen vom — Weltuntergang ..." Glücklicherweise blieb dieser aus, sodaß man tatsächlich die seltene Gelegenheit hatte, an der Uhr alle Planetenzeiger in einer Richtung zu finden, und mit dem Vorbeiziehen des Mondes vor der Sonne die Konstellation einer Sonnenfinsternis erkennen konnte.

Nach den Angaben Frater Cajetanos verfertigte 1771 *Joseph Rendler* eine ausführliche Beschreibung des Kunstwerkes und veröffentlichte gleichzeitig einen prachtvollen Kupferstich mit der Darstellung des Hauptzifferblattes der Uhr.

Aus seiner Vorrede seien einige Absätze wiedergegeben: „Da man überleget, daß dieser Künstler gemäß seiner Schreinerproffession, worauf er sich sowohl außer als inner dem Kloster so lang verleget, etwas gröbere und hiezu unähnliche Arbeit gewöhnet ist, ja wenn man noch anbey betrachte, daß er nicht nur aller Sprachen, außer dem Deutschen, unkundig, sondern auch zum Geburtsorte einen schroflichten Winkel im Gebüsche des Schwarzwaldes hat: so möchte jemand an dem Verdienste gegebener Lobsprüche zweifeln. Hat also unser Werkmeister, dessen Werk ich nach seiner mir gegebenen Erklärung in folgenden Blättern beschreibe; einen anderen als dem Künstler aller Künstler, also der Natur nachgearbeitet: so preise ich ihn, auch wider sein Wohlgefallen, als einen wahren Künstler. Und weil die Kunst ohne Wissenschaft so wenig, als ein Baum ohne Wurzeln erwachsen und bestehen kann; so muß ich ihm auch den zweiten Ruhm beylegen, daß er die hierzu gehörigen Wissenschaften gänzlich besitze . . ."

Dem Äußeren nach handelt es sich um eine große Boden-Standuhr, 2½ m hoch, mit zwei großen und vielen kleinen Zifferblättern, Zeigern, Schauzeichen und Tabellen. 32 Zeigerspitzen und rund 20 bewegliche Teile vermitteln eine Fülle von kalendarischen und astronomischen Angaben.

Das unterste kleine Zifferblatt gibt die Tageszeit an. Das dritte Blatt nach links zeigt den Wochentagsnamen. Der lange Zeiger im Zentrum mit dem Sonnenbild läßt innerhalb der 12 Monate und Tierkreiszeichen die 365 Tage des Jahres erkennen. Er wandert in einem Sonnenjahr, das sind 31,556.928 Sekunden, einmal herum.

Ein großer Doppelzeiger trägt die Zeichen des Neu- und Vollmondes. Ein weiteres Zeigerpaar, mit den Buchstaben A = Apogäum und P = Perigäum, verweist auf die Erdnähe und -ferne des Mondes.

Mit Hilfe des in der Mitte drehbaren 24-Stunden-Zifferblattes, den Ziffern der Randskala und dem Verzeichnis von 80 Punkten rund um den Erdball kann man sofort die nach der geographischen Länge richtige Ortszeit ablesen.

Im oberen Aufsatzstück bewegt sich ein zweites Sonnenbild

in 24 Stunden im Kreis, zeigt damit die tägliche Erdumdrehung an und durchwandert gleichzeitig den Tierkreisring in einem Jahr.

Der drehbare Ring mit den römischen Zahlen I bis XXIV zeigt die alte „italienische Zeit“. In der „Welschen Uhr“ zählte man 24 Stunden ab Sonnenuntergang. Die von Exzenterscheiben gesteuerte Vor- und Rückbewegung des Ringes ergibt somit auch die jahreszeitliche Tag- und Nachtlänge.

Die zentrale Mondscheibe ändert ihre Stellung zur Sonne in 29½ Tagen, woraus die Mondviertel ersichtlich werden.

In Verbindung mit dem Drachenzeiger sind die zweimal innerhalb eines Jahres möglichen Sonnen- und Mondfinsternisse festgelegt.

Vier Kreisausschnitte im großen vorderen Zifferblatt geben die richtige Jahreszahl an. Sie rückt in der Silvesternacht weiter; die Uhr könnte noch das Jahr 9999 anzeigen.

Mit den Zeigern in den 12 kleinen Zifferblättern werden folgende Angaben vermittelt:

1. Tageszeit nach Stunden und Minuten.
2. Planet Merkur, Umlauf um die Sonne: 87 Tage, 23 Stunden, 14 Minuten, 4 Sekunden.
3. Name des Wochentages.
4. Mondbreite (astronomische Abweichung vom Mondknoten).
5. Planet Jupiter, Umlaufzeit: 11 Jahre, 314 Tage, 22 Stunden.
6. Römerzinszahl: 15 Jahre.
   Epakten und „goldene Zahl“: 19 Jahre.
7. Planet Saturn, Umlaufzeit: 29 Jahre, 167 Tage, 22 Stunden.
   Der Doppelzeiger gibt die Änderung der Erdachsenstellung, die Präzession, an. Er benötigt für eine Umdrehung 20 904 Jahre!
8. Sonnenzirkel und Sonntagsbuchstabe: 28 Jahre.
9. Planet Mars, Umlaufzeit: 1 Jahr, 321 Tage, 23 Stunden, 31 Minuten, 56 Sekunden.

10. Synodischer Mondmonat = Mondalter: 29 Tage, 12 Stunden, 44 Minuten.

11. Anomalistischer Mondmonat: 27 Tage, 13 Stunden, 16 Minuten, 35 Sekunden.

12. Planet Venus, Umlaufzeit: 224 Tage, 16 Stunden, 48 Minuten.

In der linken oberen Ecke der Frontseite gibt ein Kreisausschnitt die tatsächliche Größe einer Mondesfinsternis an. Die rechte Ecke zeigt mit der blau-goldenen Kugel die zu- und abnehmenden Lichtgestalten des Mondes.

Auf dem großen Zifferblatt an der Rückseite ist die Zeit ebenfalls nach Stunden und Minuten erkennbar. Nur gibt der blaue Zeiger die „mittlere" Normalzeit und der gelbe die „wahre Sonnenzeit" an. Die Differenz heißt die Zeitgleichung oder „Äquation". Sie zeigt an, um wie viele Minuten eine Sonnenuhr — je nach Jahreszeit — gegenüber der Normaluhr voreilt oder nachgeht.

Im oberen halbkreisförmigen Zifferblatt wandert ein Zeiger vom ersten zum jeweils letzten Tag des Monats. Er springt automatisch nach 31, 30, 28 oder — in vier Jahren einmal — nach 29 Tagen zum Monatsersten zurück, wobei sich gleichzeitig der Monatsname im schmalen Ausschnitt verändert.

Reliefdarstellungen der vier Evangelisten zieren die freien Ecken:

Matthäus mit dem Engel, Johannes mit dem Adler,
Lukas und der Ochse, Markus mit seinem Löwen.

David Ruetschmann wurde am 5. Oktober 1726 in Lembach, Schwarzwald, als Sohn des Zimmermannes Sebastian Ruetschmann geboren. Kaum zwölfjährig, trat er bei seinem Vater in die Lehre und kam 1746 als Geselle nach Wien. Während einer längeren Arbeit bei den Augustinern in Mariabrunn fand er am Klosterleben Gefallen, trat 1754 dem Orden des hl. Cajetan bei und nannte sich danach *David a San Cajetano.* Wissensdurstig studierte er Mathematik, Mechanik und Astronomie. Bald entstand der Plan, etwas Besonderes zu schaffen: mit

Hilfe eines komplizierten Räderwerkes die Bewegungen der Gestirne im Universum nachzuahmen. 1760 trug ihm seine übergroße Begabung die Berufung an das Wiener Hofkloster ein. Dort begann ein rastloses Berechnen, Zeichnen, Planen, Bauen. Am 21. März 1769 wurde die Uhr vollendet.

Daneben entstanden andere Uhren, zum Beispiel ein Kontroll-Regulator für die Stephans-Turmuhr und die kleinere astronomische „Schwarzenbergische Uhr". Wegen der Anwendung neuartiger Umlauf-Rädergetriebe wird Cajetano heute auch als Erfinder des Differential-Planeten-Getriebes bezeichnet. Seine theoretisch-praktischen Erfahrungen legte er in den Schriften „Neues Rädergebäude" (1791) und „Praktische Anleitung für Künstler" (1793) ausführlich nieder.

Eine Episode aus dem Klosterleben zeigt Frater Davids Lebensauffassung: Bald nach der Fertigstellung der Kunstuhr besuchte der im Volk sehr beliebte Kaiser Joseph II. sein Hofkloster und kam so auch in die Zelle Cajetanos. Bei der Betrachtung seiner Werke bemerkte der Kaiser: „Aber Frater David, wie kann Er denn bei seinen Fähigkeiten in den düsteren Klostermauern sein Leben verbringen? In der Welt könnte Er ein reicher und berühmter Mann werden." — „Mit Verlaub", antwortete Frater David, „Majestät, wenn ich in der Welt draußen dieses Werk gewagt hätte, wäre ich schon längst verhungert, solche Arbeit läßt sich nur in einem Kloster ausführen, wo für die leiblichen Bedürfnisse des einzelnen in jeder Hinsicht gesorgt ist, damit er sich ganz und gar einer gestellten Aufgabe hingeben kann." — „Hm", machte der Kaiser, „der Frater mag nicht unrecht haben", und ging.

Frater David a San Cajetano (David Ruetschmann) starb in Wien am 4. Februar 1796.

Die 1769 vollendete Kunstuhr wurde — nach Auflösung des Klosters — 1835 nach Ungarn verkauft, von einem Uhrmacher 1862 wieder nach Wien zurückgeholt, und 1865 vom Zisterzienserstift Zwettl um 1200 Gulden erworben. Rudolf *Kaftan* konnte das Kunstwerk 1928 in sein Uhrenmuseum übernehmen, nachdem die Gemeinde Wien für den Ankauf dieses einmaligen Stückes 20 000 Schilling bewilligt hatte. Viele Jahre drehten sich die Räder, dann standen sie still. Krieg und „Verlagerung“ hatten die Uhr schwer hergenommen. Abgenützt, verstaubt — einige Teile fehlten —, so kam sie wieder zurück. Doch nach vollständiger Zerlegung des Werkes, Reinigung, Anfertigung der fehlenden Teile und sorgfältigem Zusammenbau konnte das Pendel am 21. März 1955 wieder in Bewegung gesetzt werden.

MEISTER UND IHRE WERKE UM DIE WENDE ZUM 19. JAHRHUNDERT

Gegen Ende des 18. Jahrhunderts begann in Wien eine Blütezeit der Uhrmacherei. Sehr verbreitet waren damals die Pendelregulatoren, Präzisions-Pendeluhren, deren Werkteile in hervorragender Werkmannsarbeit aus Messing und Stahl verfertigt wurden und deren Pendel häufig mit Kompensationseinrichtungen aus Bimetallen und Quecksilber ausgestattet waren; sie erreichten höchste Genauigkeit. Im Uhrenmuseum der Stadt Wien sind die Meister *Jacob Mayer (1775), Josef Ruetschmann,* der Bruder des Augustinermönchs David a San Cajetano (1786), *Philipp Fertbaur* (1795) und viele andere mit ihren Werken vertreten. Die Gangdauer dieser durchwegs mit Gewichten angetriebenen Uhren reichte von mindestens acht Tagen bis zu einem Jahr.

Um 1800 entstanden in vielen Werkstätten reich mit klassizistischen Motiven versehene *Empireuhren;* sie trugen ihr Werk im feuervergoldeten Bronzegehäuse versteckt, während die *Skelettuhren* all die Einzelheiten der Triebe, Räder und der Schlagwerksmechanik enthüllten. Als Gehäuse diente lediglich der vor Staub schützende Glassturz.

Eine besondere Wiener Note zeigen die zahlreichen *Empire-* und *Biedermeier-Stockuhren.* Ihre anfänglich auf braun oder schwarz politierten Holzsäulen ruhenden runden hölzernen Uhrtrommeln wurden später von weißen Alabastersäulen getragen. Holzgeschnitzte Delphine, Meerjungfrauen oder mythologische Figuren wichen gegen 1820 vergoldetem Metallzierat; Perlmutterintarsien und -auflagen zeigten hinter gebogenen Glasfenstern Kunstblumen oder einen weißen Schwan. Für den Vertrieb der Uhren sorgte unter anderen auch die neugeschaffene *Niederlage der bürgerlichen Großuhrmacher in Wien.* Diese Signierung — ein Kennzeichen solider Werkmannsarbeit — ist noch heute auf dem Zifferblatt mancher Stockuhr zu finden.

In die erste Hälfte des 19. Jahrhunderts fallen die Bestrebungen, die verschiedenen Uhrentypen in kleinstem Format zu erzeugen. Die ein bis eineinhalb Meter hohen Pendeluhrkasten wichen nun Uhrenkasten von 30 bis 40 cm Höhe. Den „altdeutschen“ Standuhren ähnliche Zeitmesser hatten nun ein Drittel ihrer ehemaligen Größe, und zierliche Nachbildungen von *Goldrahmenuhren* ergaben farbenbunte Bildchen oder hübsche Schreibtischührchen. Auch die bäuerlichen Wanduhren mit Pendel und Gewicht fanden in den *Scherzinger* oder *Jockeliuhren* niedliche Kopien. Die kleinsten Standuhren waren jedoch die sogenannten *Zappler,* von denen manche unter einem Fingerhut Platz fanden.

Um 1816 zählte man in Wien bereits 40 *bürgerliche* und 108 *befugte Kleinuhrmacher* sowie 80 *bürgerliche* und 24 *befugte Großuhrmacher.* In Niederösterreich (unter der Enns) wirkten außerdem 58 Groß- und Kleinuhrmacher. 15 Meister beschäftigten sich mit der Erzeugung hölzerner, sogenannter *Schwarzwälderuhren.* Ein Uhrenzentrum bildete sehr früh der Ort Karlstein an der Thaya, wo bereits 1875, allerdings in bescheidenem Rahmen, eine Uhrmacherschule gegründet wurde.

Bei einem Wiener Bedarf von zirka 40 000 Stück Zugfedern im Jahr konnte um 1810 die *Uhrfeder*erzeugung von *Martin Müller* und einiger aus der Schweiz eingewanderter Meister nicht genügen, sodaß noch Importe aus Frankreich und der Schweiz getätigt werden mußten. Um die Jahrhundertwende begann auch die Umstellung von den bis dahin verwendeten *Metallglocken* oder den seltenen *Glasglocken* bei Holzuhren auf die aus Stahl verfertigten *Tonfedern.* Hatte man früher die *Zifferblätter* meist aus Frankreich eingeführt, so war das ab 1820 verboten beziehungsweise mit hohem Zoll belegt, denn es sorgten drei bürgerliche und zwei befugte Blattschmelzer und Zifferblattschreiber sowie sechs Blattstecher und ein Blattdrechsler für die notwendige Bedarfsdeckung.

Mehrere unter Kaiser Joseph II. eingewanderte Meister erzeugten in Wien *Uhrzeiger,* blau angelassen und mit vergoldeten Spitzen versehen. Auch hier wurde ausländische Ware mit hohem Zoll belegt.

Gelbgießer sorgten schon ab 1780 für die Herstellung der in großen Mengen benötigten *Uhrschlüssel,* wobei die aus Stahl verfertigten Röhrchen oder Einsätze mit dem Vierkantloch für die Taschenuhren mit Schlüsselaufzug aus der Schweiz bezogen wurden.

Die Bronziers, Metall- oder Gelbgießer stellten auch die meist überreich mit figuralem Beiwerk versehenen vergoldeten *Metallgehäuse* der Klassizistik- und Empireuhren her.

Bis gegen 1800 war die Herstellung der *Uhrkasten* aus Holz für die Tischler bloß eine Nebenarbeit. Im 19. Jahrhundert spezialisierten sich einige Werkstätten auf die Erzeugung verschiedenster hölzerner Uhrgehäuse.

Auch für die Erzeugung der *Taschenuhrgehäuse* gab es schon im 18. Jahrhundert Spezialisten, welche die bekannten *Zwiebeluhren* mit kunstvoll getriebenen, gravierten oder mit Schildpatt und Fischhaut überzogenen Übergehäusen ausstatteten. Später folgten die flacheren, vorwiegend aus Gold oder Silber hergestellten *Doppelmantel-* oder *Savonetteuhren* mit einem inneren „Staubdeckel" aus Metall.

Eine Fülle interessanter Details über die verschiedenen Sparten von Handwerkern innerhalb der Uhrenfertigung findet sich unter anderem in der Buchreihe, die Stefan Edler von *Kees* über „Das Fabriks- und Gewerbewesen im österreichischen Kaiserstaat" 1822/23 herausgab.

Manche der erwähnten Begriffe oder Uhreneinrichtungen fanden ihren ersten Niederschlag in den Meisterprüfungsvorschriften, die uns auch den ständigen Wechsel der Hemmungen und die Verbesserungen in technischer Hinsicht erkennen lassen.

Im Jahre 1809 erhielt *Franz Xaver Hackel* vorgeschrieben, „eine Repetieruhr nach französischer Art mit dem Lepinéschen Hakengang zu machen".

Martin Böck wurde am 2. Oktober 1811 die Aufgabe gestellt: „Eine Repetieruhr mit Anrichtung auf französische Art, die Räder in Steindlen laufend, mit doppelter Steigradhemmung binnen vier Monaten zu machen" (Gang mit Doppelsteigrad = „Duplexhemmung").

Am 28. April 1813 ist dem Johann Holtzmann „... das Probestück aufgegeben worden, als da ist: Eine Repetieruhr nach Breguetischer Art, mit einem Boden, mit Zylindergang, dessen Rad von Stahl; mit Födern zum Schlagen ... binnen sechs Monaten zu verfertigen".

In der Bestätigung über die vollendete Arbeit heißt es wörtlich: „Benanntes Meisterstück wurde am 12. März 1814 vor dem löblichen Mittel gezeigt, und da Herr Holtzmann aus eignem Antrieb und Liebe zur Kunst den Zylinder aus Stein gemacht, und zugleich auch die Unruh mit Kompensation versehen, so wurde selbes vor besonders schön und gut befunden."

Gegen Ende des 18. Jahrhunderts tauchten in der Schweiz schöne Tabaksdosen auf, die mit einem neuartigen Musikwerk versehen waren. Man kann Genf als die Wiege der sogenannten *Spieldosen* ansehen. Um 1800 erhielten auch die Taschenuhren solch zierliche Einrichtungen, wobei ein kleiner Metallkamm von einer winzigen Stiftwalze zum Vibrieren gebracht wurde oder eine mit Stiften besetzte Scheibe das Musikprogramm eingesetzt trug. In den Taschenuhren bestanden die Stahllamellen manchmal auch aus einzeln aufgeschraubten Zungen. Bei größeren *Spielwerken,* wie sie vorwiegend in den Wiener Biedermeieruhren vorkommen, gab es nur vereinzelt diese Unterteilungen; in der Mehrzahl sind die Zungen aus einem Stahlstück so ausgefräst, daß ein Metallkamm entsteht.

In der Zeit um 1800 wurden derartige Spielwerke auch in Böhmen verfertigt, und zwar von *Willenbacher-Reznitschek* (auch Rzebitschek) in Prag.

In Wien stellte der aus Regensburg stammende Mechaniker *Josef Mälzel* für den Wiener Hof kostbare *Spieluhren* her. Zwischen 1780 und 1790 dürften die ersten derartigen Kostbarkeiten entstanden sein. Später waren es die aus Schlesien eingewanderten Brüder *Olbrich*, Josef der Musikant und Anton der Uhrmacher, welche sich mit der Spieluhrenerzeugung beschäftigten. Um 1823 wurden die Zungen noch einzeln aufgeschraubt, gegen 1830 waren drei Töne in einem Stück zusammengefügt, und in der Zeit nach 1836 bildeten sie den aus einem Stück bestehenden Metallkamm. In den Revolutionsjahren um 1848 und den folgenden Kriegen waren die Gebrüder Olbrich Hersteller von Gewehrbestandteilen und stellten sich erst nach 1860, in getrennter Fabrikation, wieder auf die Erzeugung von Spieluhren um.

Als Wiener Spieluhrenerzeuger werden unter anderen genannt: Alois Bartl, Josef Schidle, Franz Einsiedl, B. Kantek, Ed. Bartl, Josef Wyskocil, Franz Agazzi, J. Barbolani, Friedrich Wichmann.

Am 21. Juni 1813 erhielt der erste Uhrmacher die Aufgabe, eine Taschen-Repetieruhr mit Spielwerk anzufertigen.

„Dem Kleinuhrmacher Frantz Schuester wird auf sein geziemendes Bitten ... zu machen gegeben: Eine Repetieruhr auf französische Art mit Silindergang, welche auf Stahlfedern schlagt und mit einem Spielwerk versehen ist, das bei jeder Stund ein Stück spielt und 26 Stunden aushält ... binnen 6 Monate.“

Ein sehr vielseitiger, erfindungsreicher Uhrmacher war der um 1756 geborene *Johann Jacob Degen.* 1793 wurde er Wiener Meister und befaßte sich nebenbei auch mit anderen Dingen. 1819 gelang ihm eine Erfindung zur Herstellung mehrfarbiger Geldwertzeichen, ein System, das später von den meisten europäischen Notenbanken übernommen wurde.

Im Jahre 1805 versuchte er erstmals, sich mit einem Schwingenflieger in der Luft zu halten. Der von der Stephanskirche aus gestartete Versuch mißlang, Degen setzte aber trotz Verletzungen seine Bemühungen fort. Bei einer Probe im Redoutensaal der Wiener Hofburg konnte er sich schon eine halbe Minute über dem Boden halten. An das Schlagflügelgerät befestigte er später einen mit Wasserstoffgas gefüllten Ballon, womit gewissermaßen die Lenkbarmachung des Luftballons begann. 1807/08 erreichte er bei einem Flug 16 Meter Höhe und brachte es in den Jahren 1810/11 bei einem Start vom Leopoldsberg in das Kahlenbergerdorf und einem weiteren Versuch im Wiener Prater auf eine Flugdauer von einer Stunde. Leider erging es ihm wie vielen Erfindern: ohne öffentliche Unterstützung geriet er bald in Schulden, sein Apparat wurde gepfändet, und Jacob Degen starb, völlig verarmt, gegen 1848.

Eine Wiener Stockuhr zeigt im Pendelkörper eine Nachbildung des Flugapparats. Das Zifferblatt ist mit „Niederlage der Bürgerl. Großuhrmacher“ signiert.

Wie schon aus einigen Beispielen zu ersehen war, sind die zur Meisterprüfung vorgeschriebenen Arbeiten ein getreuer Spiegel der technischen Entwicklung. Im alten Meisterprüfungsbuch folgen bis 1817 zumeist Repetieruhren mit Lepine- oder Duplexhemmung als Meisteraufgaben; nur 1816 wird eine Zylinder-Repetieruhr mit dem Zylinderrad aus Stahl verlangt. Bei zwei Repetieruhren soll die Schlagwerk-Anrichtung an der Rückseite des Werkes sichtbar angebracht sein.

„Am 20. September 1817 wird dem Jacob Hapacher aufgetragen, eine Reptieruhr zu machen, welche die Viertel- und Stunden repetiert, mit Zylindergang, die Räder durchaus in Steindlen laufend, auf Federn zum Schlagen.“

Im Uhrenmuseum der Stadt Wien befindet sich sowohl ein mächtiger Kasten einer Pendel-Wanduhr mit Sekundenregulator als auch eine Miniatur-Wanduhr von 25 cm Höhe mit Doppelrad-Duplexhemmung. Beide, der Größe nach so verschiedenen Uhrkasten, weisen eine sehr ähnliche Linienintarsierung auf, und beide Werke sind mit „Happacher“ signiert.

Über die in Wien im 16. Jahrhundert hergestellten Federzuguhren der Renaissancezeit fehlen leider entsprechende Angaben.

Wie sehr die Wiener Uhrmacherei auch im Ausland geschätzt wurde und sowohl Gesellen als auch Lehrlinge anziehen konnte, besagt ein Schriftstück aus dem Jahre 1796, in dem es heißt: „. . . Die Großuhrmacher kamen in einen wohlhabenden Stand und fanden ihren Absatz auch außerhalb des Heimatlandes, während die Kleinuhrmacher durch hieher gerufene Fabrikanten und durch die im Schleichhandel eingeführte Uhren in ihrem Gewerbe geschädigt wurden und in mißliche Umstände gerieten . . .“ Hier ist sicherlich die Konkurrenz der Josephinischen Uhrenfabrik gemeint, die sich allerdings auch nicht halten konnte.

IV Email-Taschenuhren um 1800

EIN STÜCK GEWERBEGESCHICHTE

Im Jahre 1859 kam es durch das neue Gewerbegesetz zur Vereinigung der Groß- und Kleinuhrmacher in der *Genossenschaft der Wiener Uhrmacher.* Die Genossenschaftskanzlei befand sich damals nur wenige Schritt vom Hause des späteren Uhrenmuseums entfernt, Am Schulhof 6.

Zur Vertretung aller Standesinteressen des Fachgewerbes gründeten im Jahre 1881 der damalige „Verein der Wiener Uhrmacher" und die Uhrmachergenossenschaft die „Österreichisch-Ungarische Uhrmacher-Zeitung" in Wien. Ab 1. April 1912 wurde der Titel in „Uhrmacher-Fachblatt" abgeändert und bildete das offizielle Organ der mehr als 600 Mitglieder zählenden Wiener Uhrmacher-Genossenschaft. Verschiedene Umstände brachten es mit sich, daß im Jänner 1925 dieses Fachblatt als offizielles Organ des „Österreichischen Uhrmacherbundes" unter dem Namen „Österreichische Uhrmacher-Zeitung" erschien. 1927 wurde der „Reichsverband" gegründet: Die Zeitung hieß nunmehr „Der Uhrmacher". Durch das im Jahre 1935 erlassene Gewerbebund-Gesetz und die damit eintretenden Abänderungen der bisherigen Genossenschaften kamen die Uhrmacher, Juweliere, Gold- und Silberschmiede und die Edelsteinschleifer zusammen in eine Zunft. Aus diesem Grund entstand 1936 ein neues offizielles Organ: die Fachzeitung „Juwelen und Uhren", die am 1. Jänner 1939 mit der „Uhrmacherkunst", dem offiziellen Organ des Reichsinnungsverbandes, mit dem Sitz in Halle (Saale) als Folge der politischen Veränderungen vereinigt wurde.

1949 erschien das erste Heft der „Fachzeitung der Uhrmacher, Juweliere, Gold- und Silberschmiede Österreichs".

Ab 1956 führte die Zeitung den Titel „Uhr und Schmuck" und wurde im Jahre 1959 in „Uhren-Juwelen" abermals abgeändert.

Trotz der zahlreichen Benennungen blieb immer eines an erster Stelle: die Information über gewerberechtliche Belange und die technisch-fachliche Weiterbildung, nicht zuletzt viele historisch bedeutsame Artikel, die zum Teil die Grundlage dieser Zusammenstellung bilden.

Zahllose solcher in- und ausländischer Fachzeitungen, zu dicken Bänden gebunden, füllen die Bibliotheksregale des Wiener Uhren-Museums. Sie bilden eine unerschöpfliche Fundgrube fachlichen Wissens, sie sind aber auch ein getreues Spiegelbild aller Schwankungen des Wirtschaftslebens, lassen Aufstieg und Geschäftsausweitungen schon am Seitenumfang erkennen.

Aus der seinerzeitigen „Genossenschaft der Uhrmacher" war 1930 die „Wiener Uhrmacher-Innung" geworden, 1935 zur „Uhrmacher-Zunft" gewandelt, erfolgte die im Jahre 1945 geänderte, bis heute zutreffende Bezeichnung: „Landesinnung der Uhrmacher in Wien".

NEUE UHREN AM STEPHANSDOM

Als um die Mitte des vergangenen Jahrhunderts der 1433 vollendete Südturm des Stephansdomes baufällig geworden war, die Spitze abgetragen und — von Friedrich Schmidt — neu aufgebaut werden mußte, schlug auch für die seit 160 Jahren in Betrieb befindliche große eiserne Turmuhr, die *Jacob Joachim Oberkircher* 1699 gebaut hatte, die letzte Stunde. Sie wurde entfernt, und seit dieser Zeit gibt es bei St. Stephan keine Uhr im Südturm mehr.

Am 3. Dezember 1861 beschloß der Wiener Gemeinderat den Bau einer Doppeluhr für die beiden Rundfenster links und rechts vom Riesentor an der Westseite der Kirche. 1862 stellte der Uhrmacher *Wenzel Schönberger* die neuen Werkseinrichtungen her. Die rechte Seite erhielt ein Springzahlenwerk für Stunden- und Fünfminutensprung. Eine Wellenverbindung führte zur linken Seite mit dem Stunden- und Minutenzeiger im normalen 12teiligen Zifferblatt. Ein besonders eingerichtetes Schaltwerk sorgte dafür, daß sich die Gasbeleuchtung innerhalb der gläsernen Zifferblätter am Abend selbsttätig einschaltete. Da diese Springuhr mit der Zeit manchmal versagte und ihren Dienst einstellte, baute der in Pilach bei Melk beheimatete Uhrmacher *Hugo Tirmann* eine neukonstruierte Uhr und stellte sie 1909 kostenlos zur Verfügung. Ihre Mechanik ermöglichte das Springen jeder einzelnen Minute.

Da es unmöglich war, zwischen diesen auf der Westseite angebrachten Uhren und dem weitentfernten Glockenturm eine mechanische Verbindung zu schaffen, ergab sich die kuriose Situation, daß im 19. und am Beginn des 20. Jahrhunderts wieder der Türmer „von Hand aus" die Glocke zu schlagen hatte.

Diesem Mangel half eine neue elektrische Einrichtung ab, die im Dezember des Jahres 1925 von der Firma *Siemens und Halske* geliefert wurde. Die elektrische Zentraluhr und die dazugehörigen Nebenuhren mit den Kontaktschaltern befanden sich in der Hauptsakristei des Domes. In den Nebenuhren war außer dem die Uhrzeiger minutlich weiterrückenden Schaltwerk noch je ein Steuerschlagwerk eingebaut. Bei der einen Uhr wurde nach jeder Stunde, bei der anderen nach jeder Viertelstunde eine besondere Nockenscheibe betätigt, die über einige Relais den elektrischen Stromkreis für die beiden Steuermotoren schließen konnte. Durch die entsprechende Bewegung eines Exzenterwerkes erfolgte der Zug der Glokkenhammer-Drähte.

Als im Jahre 1945 das Kirchendach in Flammen aufging, die große Glocke, die Pummerin, herabstürzte und zerschellte, war es auch mit diesen Zeitmessern zu Ende. Es dauerte viele Jahre, ehe die beiden runden, mit schwarzen Brettern verschlagenen Fenster wieder mit Zifferblättern, Zeigern und springenden Zahlenblättchen versehen waren und ein modernes elektrisches Uhrwerk den Vorübergehenden die Zeit anzeigen konnte.

ÖFFENTLICHE ZEITANZEIGER IN WIEN

Von der ersten Sonnenuhr vor dem Legatenpalast im römischen Vindobona über den amtlichen Zeitmesser der Turmuhr zu St. Stephan im Mittelalter führte die Entwicklung zu dem gegen 1880 eingeführten *Mittagszeichen der Stadt Wien.*

Ein neben dem Haupttor der *Feuerwehrzentrale, Am Hof,* angebrachtes mechanisches Glockenschlagwerk erhielt von der Sternwarte auf der Türkenschanze die elektrische Auslösung. Es erfolgten zwölf Schläge, und der letzte zeigte genau den Mittag an. In der „Österreichisch-Ungarischen Uhrmacher-Zeitung" vom Juli 1883 wird darüber geschrieben:

„... dieses mit nicht geringen Kosten hergestellte Zeitsignal hat einen ganz verfehlten Zweck angenommen, indem es, statt streng und ernst der Pünktlichkeit zu dienen, durch allerlei tolle Streiche den Hof zu einem Belustigungsort macht. Der Apparat hat die unangenehme Eigenschaft, nicht immer die vorgeschriebenen 12 Schläge abzugeben, sondern täglich eine andere Zahl, zwischen 6 und 17 loszulassen, wobei anscheinend in böswilliger Absicht die Zahl 12 umgangen wird. Zur allgemeinen Heiterkeit stehen einige dienstfreie Feuerwehrmänner bereit, welche an dem Apparat rütteln und schütteln, wenn er sein vorgeschriebenes Maß nicht erfüllt oder gar überschreitet. Wie wir hören, soll das kommunale Zeitsignal in der Feuerwehr-Centrale eine praktische Verwertung gefunden haben, weil es die dort placierten Hökerinnen zur Nummer-Combination für das kleine Lotto benützen."

Um 1880 war am Militärgeographischen Institut, heute Friedrich Schmidt-Platz, in der Lastenstraße ein optisches Zeitsignal für den genauen Mittag in Betrieb genommen worden, der Zeitball. Fünf Minuten vor 12 Uhr stieg auf dem Dach des Hauses an einem hohen Mast ein großer roter Ball auf halbe Höhe, wurde eine Minute vor 12 ganz aufgezogen und mit dem Mittagsschlag fallen gelassen. Diese Einrichtung blieb bis zum Zweiten Weltkrieg in Verwendung und wurde erst nach 1945 abmontiert. Das mit Hilfe einer großen Glockenschale, der sogenannten Bahnglocke, gegebene akustische Mittags-Zeitzeichen des späteren Amtes für Eich- und Vermessungswesen blieb bis zur Abschaltung des öffentlichen Gleichstromnetzes im Jahre 1952 in Betrieb.

1883 meldete das „K. und k. privilegierte Unternehmen für elektro-hydro-pneumatische Uhrenanlagen, C. A. Mayerhofer" am Franzensring, daß es ebenfalls über eine direkte Telegraphenverbindung mit der k. und k. Sternwarte verfüge und somit die „Mitglieder der verehrlichen Uhrmacher Genossenschaft in den Demonstrationsräumen ab $^{3}/_{4}$12 Uhr das Einlangen des Uhrzeichens abwarten können".

1887 ist in der „Österreichisch-Ungarischen Uhrmacher-Zeitung" zu lesen: „Das Curiosum, daß in Wien zwei um 9 Sekunden verschiedene Mittagszeichen gegeben werden, ist endlich abgeschafft. Wie die Direktion des militär-geographischen Instituts berichtete, wird zufolge eines Reichs-Kriegsministerialerlasses das Mittagszeichen der Sternwarte des Instituts, vom 1. Mai dieses Jahres angefangen, nicht mehr nach dem Meridian des St. Stephansturmes, sondern nach jenem der Hauptsternwarte auf der Türkenschanze bei Wien gegeben. Entgegen anders lautenden Meldungen bezieht sich die angekündigte Veränderung ausschließlich auf das Zeitball- und Glockenzeichen, das am Gebäude des militär-geographischen Instituts abgegeben wird. Das Zeichen vom Hof steht seit seiner Errichtung mit der Hauptsternwarte in Verbindung und erfolgte nach dessen Meridian." Das Mittagszeichen überdauerte trotz der damaligen beißenden Kritik viele Jahrzehnte. An fast allen Amtshäusern der Wiener Bezirke konnte man bis gegen Ende 1925 die Glockenzeichen hören.

Nahezu zwei Jahrzehnte wurde debattiert, ob man die in Wien geltende mittlere „Ortszeit" durch die schon in vielen Ländern eingeführte Zonenzeit ersetzen solle. Am 1. Mai des Jahres 1910 trat auch in Wien die *mitteleuropäische Zeitrechnung* in Kraft. Der Unterschied vom 15. Längengrad bis Wien beträgt 5 Minuten und 21,4 Sekunden. Die Mittagszeichenabgabe wurde erst mit dem Aufkommen des Radiozeichens und stärkerer Verbreitung des Telefonzeitzeichens abgeschafft.

Ebenfalls mit der Feuerwehrzentrale Am Hof in Verbindung stehen die vielen meist auf öffentlichen Kandelabern angebrachten großen Straßenuhren, die leider auch ihre Mängel aufweisen, weil die elektrischen Leitungen durch Brandmeldungen aus den Bezirken unterbrochen werden und die Impulse ausbleiben. 1926 zählte man 115, im Jahre 1929 161 und 1970 170 öffentliche Uhren. In neuester Zeit laufen Versuche, solche Uhren über Funkwellen zu steuern.

Der *Stadtpark* erhielt im Jahre 1880 eine vom Uhrmacher *Lößl* konstruierte immergehende „autodynamische" Uhr. Die Turmuhr des neuen *Wiener Rathauses* war 1883/1884 mit Gasbeleuchtung versehen, ein Jahr später konnte das gläserne Zifferblatt bereits von innen elektrisch beleuchtet werden.

Das Gemeinde-Amtshaus am *Schlesingerplatz* erhielt 1911 die erste elektrische Zentral-Uhrenanlage in Wien.

Die „Weltzeiteinteilung" mit dem Nullmeridian von Greenwich und die Einführung der 24-Stunden-„Verkehrszeit" erfolgte 1925. Im Bundesamt für Eich- und Vermessungswesen in Wien konnte die „Österreichische Normalzeit" auf Zehntelsekunden genau festgelegt werden. Eine Serie von 6 Quarzuhren verbesserte ab 1952 die Genauigkeit auf 0,03 Sekunden. 1971/72 erhielt das Bundesamt eine Cäsium-Atomuhr, deren Abweichung erst in Tausenden Jahren einen Sekundenfehler aufweisen würde. Sie zeigt heute die für ganz Österreich verbindliche Zeit.

DIE „ANKERUHR“ AM HOHEN MARKT

Mit dem ältesten Platz Wiens, dem Forum des antiken Vindobona, dem späteren „Hohen Markt“, verbinden sich eine Reihe öffentlicher Zeitmesser. Hatte im römischen Lager, vor dem Prätorium, eine Sonnenuhr die Stunden gezeigt, so gab es im Giebel des Barockhauses der „Schranne“, des Wiener Gerichtsgebäudes, die erste öffentliche mechanische Uhr.

Nach der Umgestaltung des alten Platzes errichtete die Versicherungsgesellschaft „Der Anker“ auf dem Hohen Markt zwei große Bürogebäude. Für die Verbindungsbrücke über den verlängerten Bauernmarkt, den Häusern Hoher Markt 10/11 zum Haus 12, wurde im Jahre 1911 eine große Kunst- und Schauuhr in Aussicht genommen.

Franz Matsch, Professor an der Kunstgewerbeschule, erhielt den Auftrag, eine historisch-künstlerische Lösung zu suchen. So entstand in den Jahren 1913, 1914 eine repräsentative Monumentaluhr mit einer waagrechten Fünfminutenteilung über einem kunstvoll verzierten kreisrunden Schaufenster von 4 Meter Durchmesser, hinter dem 12 Figurengruppen mit den Stundenzahlen I bis XII langsam vorbeiwandern.

Die aus Kupfer getriebenen, bis zu 2,80 Meter hohen Figuren sind polychromiert und zum Teil echt vergoldet. Sie stellen historische Persönlichkeiten aus verschiedenen Ständen dar und sollen einen Querschnitt durch die Geschichte der Stadt, vom römischen Vindobona bis zum Wien am Beginn des 19. Jahrhunderts geben.

Mit zahlreichen Skizzen und Berechnungen hatte Franz Matsch die Unterlagen für die praktische Herstellung geschaffen. Während er selbst sich um die Fertigung der überlebensgroßen Figuren, die Ausführung der Plastiken, Mosaike und alle architektonischen Details bemühte, sorgte der k. k. Kammer-Uhrmacher *Franz Morawetz* für alle beweglichen Einrichtungen der eigentlichen Uhr, des dazugehörigen Schlagwerkes, der Auslösung des Figurenwerkes und der der Orgel dienenden Apparate.

Innerhalb der zehn Meter langen Straßenüberbrückung, hinter dem Uhrzifferblatt, errichteten die Orgelbauer *Gebrüder Rieger* aus Jägerndorf eine große mit 1000 Pfeifen bestückte mechanische Orgel. Den großen eisernen Mechanismus der Schienenlaufeinrichtung für das Figurenwerk stellte die Firma *W. A. Richters Söhne* her, und für die vielen elektrischen Motor- und Schaltanlagen war *Emil Kwaysser* zuständig.

Entsprechend dem Grundgedanken, Personen aus verschiedenen Zeiten und Lebensbereichen vorbeiziehen zu lassen, wechseln gekrönte Häupter mit Bürgern und Kriegsherren, mit Dichtern und Musikern ab.

Ab 1 Uhr wandert der römische Kaiser *Marcus Aurelius,* gewissermaßen als frühester Wiener Schriftsteller und Philosoph, von links nach rechts durch den Kreisausschnitt. Stets ein Freund der Musik und der geistigen Dinge, war er alles eher als ein kriegerischer Besatzungsfeldherr.

In der nächsten Stunde erscheint *Karl der Große,* er gilt als der Gründer der Wiener Peterskirche.

Es folgt bis 4 Uhr Herzog *Leopold der Glorreiche* mit seiner Gemahlin *Theodora von Byzanz.*

Walter von der Vogelweide beendet um 5 Uhr seinen Weg.

Um 6 Uhr haben König *Rudolf von Habsburg* und seine Gemahlin *Anna von Hohenberg* den Kreis passiert.

Die zu jeder Stunde erklingenden Orgelweisen sind im Lauf der Jahre öfters geändert worden. Derzeit sind es meist Phantasien nach jeweils zeitgenössischer Musik.

Wenn Dombaumeister *Hans Puchspaum* um 7 Uhr sich nach einer Stunde verabschiedet, dann ertönt ein altes Volkslied aus dem 15. Jahrhundert „Es liegt ein Schloß in Österreich“.

Ihm folgt von 7 bis 8 Uhr Kaiser *Maximilian I.*, der letzte Ritter, mit dem Lied: „Innsbruck, ich muß dich lassen ...“

Von 8 bis 9 Uhr wandert der Wiener Bürgermeister *Johann Andreas von Liebenberg* vorbei. Mit dem heiter-makabren Volkslied „O du lieber Augustin“ wird an die während seiner Amtszeit in Wien wütende Pestilenz erinnert.

Graf *Ernst Rüdiger von Starhemberg*, den erfolgreichen Verteidiger Wiens in der Zeit der Zweiten Türkenbelagerung um 1683, begleitet ein Musikstück aus einer „Tabula anonym“, das um 10 Uhr zu hören ist.

Neben dem „Lieben Augustin“ wird wahrscheinlich das Volkslied „Prinz Eugenius der edle Ritter“ am ehesten bekannt sein. Wenn von 10 bis 11 Uhr der große Feldherr von links nach rechts marschiert ist, dann bildet diese um 1717 anläßlich der Erstürmung Belgrads entstandene Melodie den musikalischen Abschluß seines Auftritts.

In hellblauer Staatsrobe präsentieren sich ab 11 Uhr die Kaiserin *Maria Theresia* und ihr Gemahl *Franz I. von Lothringen*, wozu um 12 Uhr die zierlichen Rhythmen eines Menuetts von *Wolfgang Amadeus Mozart* zu hören sind. Es ist das ein eigens für Flötenuhren geschriebenes Stück und trägt die Nr. 8.

Den Figurenreigen beschließt *Joseph Haydn*, der ebenfalls zahlreiche musikalische Miniaturen für Flöten- und Orgeluhren geschrieben hat, die später ein kunstfertiger Mechanikus „auf die Walze“ setzen konnte. So ist um 1 Uhr das „Flötenuhrstück Nr. 17“ als kleiner Teil aus dem großen Oratorium „Die Schöpfung“ zu vernehmen.

Hatte man die kurz vor dem Ersten Weltkrieg vollendete Schauuhr als große Sensation bestaunt, so verlor die Sehenswürdigkeit in den sehr bald folgenden Kriegs- und Nachkriegsjahren an Popularität. Im Bombenhagel des Zweiten Weltkrieges ging der größte Teil der Einrichtung zugrunde, und die mächtige Orgel brannte vollständig aus. „Buntmetallsammler“ sorgten für weitere Verluste durch die Demontage mehrerer

Figuren. Es verging mehr als ein Jahrzehnt, bis die Versicherungsgesellschaft für den notwendigen umfangreichen Wiederaufbau dieser Kostbarkeit sorgte, wobei allerdings die Orgel nicht wiedererstand. An ihre Stelle traten Tonband und Lautsprecheranlage. Die Musikstücke, von Meisterhand gespielt, wurden auf der mächtigen Orgel im großen Konzerthaussaal aufgenommen. Die neuerrichtete Zentraluhr steuert nunmehr völlig automatisch alle Bewegungsvorgänge der musikalisch-mechanischen Einrichtung.

ZEITTAFEL

Die folgende tabellarische Übersicht enthält viele Fachausdrücke aus dem Gebiet des Uhrmacherhandwerks, die keine weitere Erläuterung erfahren. Dies wäre weit über die Aufgabe und den Rahmen dieses Buches hinausgegangen. Dennoch sollte nicht auf die Möglichkeit verzichtet werden, bei dieser Gelegenheit eine umfassendere Zeittabelle mit Daten dieses Gebietes und den damit verbundenen handwerklichen und wissenschaftlichen Disziplinen aufzustellen.

1. Elementaruhren

3000 v. Chr.	Ägypten, Gnomon, Schattenlänge des Sonnenzeigers
1500 v. Chr.	Ägypten, Wasserauslaufuhr
550 v. Chr.	Griechenland, erste Sonnenuhr
500 v. Chr.	Sonnenuhren mit Winkelbewegung des Schattenzeigers
433 v. Chr.	Der Grieche Meton findet den „Zeitkreis" (Sonnenjahr : Mondjahr = „Goldene Zahl")
164 v. Chr.	Erste für Rom berechnete Sonnenuhr
130 v. Chr.	Griechische Wasseruhr von Ktesibios
50 v. Chr.	Athen, „Turm der Winde" mit Sonnen- und Wasseruhren
46 v. Chr.	Kalenderreform durch Julius Cäsar = „Julianischer Kalender"
807 n. Chr.	Kunstvolle Wasseruhr als Geschenk Harun al Raschids an Karl den Großen

um 900	Erste Kerzenuhr Alfred des Großen
996/1000	Angeblich erste „Uhr“ von Papst Sylvester II., ist lediglich ein astronomisches Beobachtungsgerät

2. *Mechanische Zeitmesser*

Die ältesten Überlieferungen von mechanischen Zeitmessern mit einem gewichtgetriebenen Räderwerk und einem Schwingkörper an der Hemmungseinrichtung stammen vom Ende des 13. Jahrhunderts. Es handelte sich überwiegend um größere öffentliche Turmuhren an Kirchen, Rathäusern, Schlössern oder Brücken. Sie waren vorerst als „Zeigeuhren“ lediglich mit einem Gehwerk ausgestattet. Ab 1336 sind auch Schlagwerke nachzuweisen. Am Beginn des 14. Jahrhunderts erscheinen die kleineren Zimmeruhren, es sind dies meist gewichtgetriebene Standuhren auf einer Wandkonsole. Kleinere handgeschmiedete Wanduhren, sogenannte „Türmeruhren“, dienten sehr früh dem im Turme Wache haltenden Feuerwächter als Stundensignal.

Manche der für die Zeittafel benutzten Aufzeichnungen gehen in ihren historischen Zeitangaben oft um Jahre auseinander. Es wurden deshalb in der folgenden Aufstellung die Grenzwerte angegeben.

1284/1317	Exeter, Kathedrale
1288/89	Westminster, London
1300	Paris
1304	Sebalduskloster, Erfurt, Deutschland, Einweihung einer „eisernen Räderuhr mit Schelle“
1316/21	Älteste Beschreibung einer Räderuhr mit „Unrast“ in Dantes „Göttlicher Komödie“
1336	Mailand, St.-Gotthards-Kirche, erste Stunden-Schlaguhr!
1348	Dover-Castle, London, Schlaguhr
1352/54	Straßburg, „Dreikönigsuhr“ mit Automaten

1356/61	Nürnberg, Liebfrauenkirche, „Männleinlaufen“
1372	Mecheln, Kathedrale (Glockenspiel 1560)
1389/96	Rouen, erste Turmuhr mit Stunden- und Viertelstunden-Schlagwerk
1392	Nürnberg, älteste erhaltene Türmeruhr
1395	Basel
1449	Wien, St. Stephan, „Uhrschelle“
1459	Erste schriftlich erwähnte Federzuguhr von Jehan de Lycburg für Karl VII. von Frankreich
1490	Prag, Aposteluhr, Altstädter Rathaus
1494	Entwurf einer Pendeluhr mit Spindelgang von Leonardo da Vinci
1496/97	Venedig, San Marco, Schlaguhr mit zwei Mohren (Hirten) als Glockenschläger
1500	Le Mans, Glockenspiel und Automaten
1529/30	Bern, Automaten und astronomische Angaben, „Zeitglockenturm“

3. Weitere Entwicklung der Uhr, Erfindungen, Verbesserungen und kulturhistorische Daten

1500/1510	Peter Henlein, Nürnberg, Herstellung kleiner, tragbarer Zeitmesser in Dosen- oder Kugelform
1513	Erster schriftlicher Bericht des Chronisten Cochleus über Peter Heles Halsuhren
1525/50	Tischuhren in hochzylindrischen, trommelförmigen oder vieleckigen Metallgehäusen
	Bisamäpfel oder „Bisamknöpfe“ als Anhängeruhren
	Federbremse, später Schnecke und Saite als Zugausgleich für die Antriebsfeder
1530	Vereinzelte Anwendung von Gewindeschrauben und Gewindemuttern
	Vorschlag von Gemma Frisius, Friesland, genauere Uhren auf See für die Längenmessung zu verwenden

1540	Nürnberg, eiserne Gewichtzuguhr mit Sekundenzeiger für astronomische Beobachtungen
1544	Uhrmacherzunft in Paris gegründet
1550/1650	Renaissancetürmchenuhren mit zahlreichen astronomischen Indikationen auf vier Schauseiten; italienische Campanile als Gehäusevorbild Eiförmige Gehäuse der Taschenuhren = Eiuhren (erst 100 Jahre später daraus der Name „Lebendige Nürnberger Eierlein")
1550/70	Tycho de Brahe, dänischer Astronom, verwendet Uhren mit Riesenmessingrädern (Durchmesser 1 m, 1200 Zähne) für Minuten- und Sekundenanzeige
1560/70	Türmchenuhren auf Säulenpostamenten = Beginn der (Fußboden-)Bodenstanduhren
1565	Uhrmacherinnung in Nürnberg gegründet
1569	Anwendung mechanischer Einrichtungen für die Schraubenherstellung
1571/74	Zweite Straßburger Münsteruhr von Abraham und Josias Habrecht, Elsaß
1572	Königin Elisabeth I. von England erhält als Geschenk eine „Uhr an einem Armlet"
1582	Kalenderreform durch Papst Gregor XIII. = „Gregorianischer Kalender" (auf Donnerstag, 4. Oktober, folgte sofort Freitag, 15. Oktober; zehn Tage gestrichen)
1584/85	Jost Burgi, Schweizer, stellt Präzisionsuhren mit einer Gangdauer von drei Monaten her
1590	Stählerne Gliederketten (England) an Stelle der Saiten für den Federausgleich über Schnecken
1595/1610	Kugellaufuhren mit einer rollenden Kugel als Ablaufregler (Zeitnormal)
1598	Herstellung gewölbter Uhrgläser für größere Uhren (Tischuhren)
1600	Jost Burgi, Schweiz, baut Uhren mit waagrechter Spindel und vertikal schwingendem, pendelartigem

	Foliot (sogenannter „Kreuzschlag" mit Spindeldoppelpendel)
1600/1650	Halsuhren in ovaler Eiform, aber auch als Kreuze, Blumen, Knospen, Käfer sehr beliebt; seltener als Sarg- oder Totenkopfuhr
1609	Galileo Galilei, Italien, erfindet das später nach ihm benannte Fernrohr
1610	Erzeugung von Taschenuhrgläsern
1610/30	Wanduhren oder Standuhren auf einer Wandkonsole werden durch eine kastenartige Verkleidung der Schnüre und Gewichte zu Bodenstanduhren
1625	„Bergkristalluhr" von Jost Burgi mit exzentrischen Zifferblättern für Stunden, Minuten und Sekunden
1630	Emailmalereien von Jean Toutin in Blois
1631	Uhrmacherinnung in England gegründet
1638	Galilei veröffentlicht die Lehren über die Pendelbewegungen
1640/50	Eiform der Taschenuhren durch Wölbung der beiden Deckel stärker betont
1641	Galilei schlägt Pendel als „Gangregler" vor
1642	Blaise Pascal, Frankreich, baut erste „Rechenmaschine"
1656	Nachtlichtuhren mit transparentem Zifferblatt
1657	Christian Huygens, Holland, läßt von Salomon Coster in Haag die erste wirkliche Pendeluhr (Spindelgang) herstellen
1660/1667	Anfänge der Schwarzwälder Uhrmacherei
1660/70	Die ersten „grandfather clocks" = Bodenstanduhren in England
1665	Christian Huygens, Holland, veröffentlicht Erfindung der Spiralfeder für die Unruh
1667	Erste Multiplikationsrechenmaschine von Gottfried Wilhelm Leibnitz
1674	Huygens läßt von Thuret, Paris, die erste Uhr mit Spirale und Radunruh herstellen

1676 Edward Barlow und Daniel Quare, England, erfinden, jeder für sich, die ersten Einrichtungen für Repetierschlagwerke

Idee für Haken- oder Ankergang von Robert Hooke, England

1680 William Clement, England, führt den rückführenden Ankergang und die Federaufhängung des Pendels ein

1680/1700 Neben dem Stundenzeiger noch vielfach ein kurzer „Viertelzeiger“ meist in eigenem Zifferblatt in Verwendung, nach 1700 häufigere Anwendung des nunmehr längeren Minutenzeigers

1681 Daniel Jean-Richard, Neuchâtel, baut seine erste handgeschmiedete Taschenuhr und begründet damit die Uhrmacherei im Schweizer Jura

1690 England erzeugt Bodenstanduhren mit Jahresgangdauer

1691 Edward Barlow erfindet eine Repetiereinrichtung für Taschenuhren

1695 Erste „Äquationsuhren“ mit Angabe der Zeitgleichung

Thomas Tompion, England, erfindet die sogenannte „Sautroghemmung“, die Urform des Zylinderganges

1700 Charles André Boulle, Frankreich, fertigt als Ebenist und Kunsttischler besondere Uhrkasten mit Einlegearbeiten, Intarsien aus Silber, Messing, Horn, Zinn und Schildpatt

1700/04 Nicholas Faccio (Fatio) de Duillier und P. und Jac. Debaufre, Schweiz, erfinden das Bohren des Rubins und erhalten in England ein Patent für die Herstellung von Uhrlagersteinen

1702 Salzburg erhält am Residenzplatz sein erstes Glokkenspiel

1714 Zur Lösung des „Longitudinalproblems“, der Längemessung auf See (geographische Länge), setzt die englische Regierung einen Preis von 20.000 Pfund Sterling für eine genau gehende Seeuhr aus

1715 Georg Graham, England, erfindet den „ruhenden" Ankergang

1720 Graham verbessert den Zylindergang

1720/75 Augsburger „Telleruhren" mit getriebenem Schild

1725/30 Anton Ketterer fertigt im Schwarzwald die ersten Kuckucksuhren an

Herstellung der ersten getriebenen Taschen- oder Sackuhrgehäuse

1726 Graham erfindet das Quecksilber-Kompensationspendel

Abbé de Hautefeule, Frankreich, stellt eine besondere Uhr mit Ankergang, Rechen und Triebunruh her

John Harrison, England, erfindet die Temperaturkompensation mit Hilfe eines Rostpendels (verschiedene Metalle)

Pierre le Roy und Baptist Dutertee, Frankreich, erfinden den „Duplexgang"

1736 Harrison baut die erste „Seeuhr"

1737 Probefahrt nach Lissabon

1739 Zweite Seeuhr

1740/41 Im Schwarzwald werden an Stelle der leicht zerbrechlichen Glasglocken gegossene Metallglocken verwendet. Der Blechanker tritt an die Stelle der Spindel. Anwendung der Hohltriebe

1741 Dritte Seeuhr mit Kompensationsunruh

Amant, Frankreich, erfindet die Stifteganghemmung, den sogenannten „Scherengang"

Taschenuhrgehäuse erhalten unter Verwendung von mehrfarbigen Goldauflagen im „quatre couleur" besonderen Schmuck

1745 Die Taschenuhren werden an einer Kette, der sogenannten Chatelaine, frei am Gürtel, zusammen mit dem kunstvollen Uhrschlüssel und dem Petschaftsiegel getragen

1748 Pierre le Roy, Frankreich, konstruiert die erste Chronometerhemmung; die Unruhbrücken erhalten Deckplättchen aus Stahl oder Steinen

1750 Harrison erfindet das Kontregesperr

Thomas Mudge, England, baut erstes Modell einer Taschenuhr mit freiem Ankergang

1750/52 Gebrüder Pfeifer in Karlstein, Österreich, beginnen Uhrenerzeugung mit angelernten Arbeitskräften

1750/55 Paul Kreuz, Waldau, Schwarzwald, errichtet eine Uhrglockengießerei

1751 Le Plat, Paris, verfertigt „Atmos"-Luftdruckuhr

1753 Pierre Augustin Carron de Beoumarchais, Frankreich, erfindet die „Doppelkommahemmung"

1756 Abraham Louis Perrelet, Schweiz, erfindet „Perpetuale" = Uhr mit automatischem Selbstaufzug

1761 Frankreich, Fabriksuhren mit zum Teil maschineller Fertigung

Ferdinand Berthoud, Frankreich, fertigt seine erste Seeuhr an

Harrisons vierte Seeuhr erreicht auf der Probefahrt in 161 Tagen eine Genauigkeit von 5 Sekunden

Philipp Math. Hahn, Pfarrer in Kornwestheim, Deutschland, baut Uhren mit Globen und Sphären

1765 Schweizer Jura liefert kunstvolle Pendulen

1765/68 Johannes Wehrle, Schwarzwald, baut seine ersten Glockenspieluhren

Mathäus Hummel, Schwarzwald, verfertigt Glokkenspieluhren mit Figurenautomatenwerk

1766 Pierre le Roy, Frankreich, baut Modell einer Bimetallkompensationsunruh

1768/69 Pierre le Roy, Frankreich, vollendet seine erste Seeuhr

1769	Augustinerpater David a S. Cajetano vollendet in Wien seine große astronomische Kunstuhr
1770	Pierre le Roy, Frankreich, veröffentlicht die Grundzüge der Kompensationsunruh mit Bimetallreifen
	Wiener Großuhrmacher trennen sich von der Schlosserzunft, bilden eigene Großuhrmacherzunft
	Abraham Louis Perrelet, Le Locle, Schweiz, stellt verbesserte „Automatic"-Uhren her
	Neuerlich verbessert von A. Louis Breguet
1770/1810	Verzierung der Taschenuhrgehäuse mit Perlen, Diamanten und Schmucksteinen
1772/75	John Arnold, Frankreich, verfertigt Kompensationsunruh mit zylindrischer Spirale und Innenendkurve
1775	J. Antoine Lepine, Frankreich, begründet mit neuem Taschenuhrmodell die allgemeine Verwendung des Zylinderganges
1780	Thomas Earnshaw, England, baut Chronometergang mit „Feder"
	Verwendung endloser Gliederketten, gemeinsam für Geh- und Schlagwerk, bei holländisch-friesischen Wanduhren. Stuhluhren = „stoelt-kloken"
	John Arnold erhält Patent für Chronometerhemmung
	Genf führt als erste Stadt an Stelle der „wahren" Zeit die „mittlere" Zeit ein (Zürich: 1842; übrige Schweiz: 1853). — Auf Grund der Ellipsenbahn der Erde um die Sonne ergibt sich eine Differenz des Mittagsstandes im Zenith um $\pm$ 15 bis 16 Minuten = Zeitgleichung oder Äquation. „Wahre" Sonnenzeit. „Mittlere" Sonnenzeit = gleichmäßige Tageslängen durch gedachte Annahme, daß die Erde mit einer Kreislinie die Sonne als Mittelpunkt im Verlauf eines Jahres umwandert

1780/90	Anwendung der ersten gerollten „Tonfedern“ im sogenannten Rundgong
	Jacob Jacob („Doppeljokeli“) Hebestreit, Schwarzwald, erzeugt „Jokeli-Uhren“
	Der Bauer am Schottenhof bei Neustadt im Schwarzwald, der „Schottenbauer“, stellt hölzerne „Schottenuhren“ her
1780/1810	Automatentaschenuhren mit beweglichen Figuren im Zifferblatt, meist in Verbindung mit einem Repetierschlagwerk
1782	John Arnold erfindet Chronometergang mit epizykloidischen Zahnflanken (Patent)
1789	Joseph II. errichtet in Wien, Wieden, im alten Piaristenkloster mit Hilfe von Schweizer Uhrmachern die erste Wiener privilegierte Taschenuhrenfabrik
1790	In Genf finden die ersten Regulierwettbewerbe für Uhren statt
1792	England führt die „mittlere Zeit“ anstatt der wahren Sonnenzeit ein. Die „wahre Zeit“ ergibt sich aus der Ellipsenbahn der Erde um die Sonne. Die „mittlere Zeit“ beruht auf der Annahme, die Sonne wäre der Mittelpunkt einer Kreisbahn
1792/93	22. September 1792: Zähl- und Jahresbeginn des „Französischen Revolutionskalenders“. Dekretiert: 5. Oktober 1793
1794	Erstmalig Anwendung des „Westminsterschlages“ an der St. Mary Church, Cambridge (an der königlichen Börse, London: 1845; House of Parliament: 1859)
1800	A. L. Breguet, Frankreich, erfindet den Steinzylinder und die später nach ihm benannte Spiralendkurve
	Uhren mit Sekundenanzeige allgemein in Verwendung

1800/1820	Weitergehende Verwendung von Tonfedern (Rundgong) an Stelle von Metallglocken
1801	Antide Janvier, Frankreich, vollendet seine große Planetenmaschine
	Entdeckung des kleinen Planetoiden Ceres
1802	Entdeckung von Pallas
1804	Entdeckung von Juno
1805/09	Der Wiener Uhrmacher Johann Jacob Degen konstruiert und versucht einen Schwingenflugapparat
1807	Entdeckung von Vesta; wenige Jahre später Umlaufdarstellung in astronomischen Uhren
1810	Berlin führt die „mittlere" statt der wahren Sonnenzeit ein
	Abel Golei, Schweiz, schneidet oder fräst die ersten vollen Stahltriebe
1816	Frankreich führt als letzter europäischer Staat die mittlere Zeit ein
1820	Genf beginnt mit der Erzeugung von Schmuckarmbanduhren
1821	Rieussek erfindet Punktierchronographen (eine Stoppuhr)
1823	Begründung der ersten Uhrmacherfachschule in Genf
1825	G. A. Leschot, Frankreich, führt den „Anzugwinkel" beim Taschenuhrenankergang ein
1831	Winnerl, Österreich (Steiermark), baut in Paris erstes Chronoskop (Kurzzeitstopper)
1832	Ch. F. Tiede baut in Berlin Pendeluhren und Schiffschronometer
1835	Ketten für Gewichtzuguhren im Schwarzwald
1839	Verwendung einer Kettenmaschine
	Achilles Brocot, Paris, erfindet den Steinstiftankergang: „Brocot-Hemmung"
	Carl August Steinheil, Deutschland, baut elektrische Uhren mit Gleichstelleinrichtung

1840 Peter Friedrich Ingold, Schweiz, erfindet „Ingoldfräse“ für Herstellung von Zahnrädern und baut in London Uhrenfabrik (1842 verboten)
Schweiz stellt sehr flache Taleruhren mit innenliegendem Viereck und Aufziehdorn her
G. A. Leschot, Frankreich, beginnt mit Werkzeugmaschinen schablonenmäßige Herstellung von Taschenuhren

1842 H. B. Schwilgue vollendet die dritte Straßburger Münsteruhr
Jean Adrien Philippe, Frankreich, baut Fabriksuhren mit einem Remontoiraußenaufzug mittels Krone

1843 „Halleruhren“, Deutschland, Erzeugung nach amerikanischen Methoden

1845 Adolf Lange führt die Präzisionsuhrmacherei in Glashütte, Deutschland, ein

1846 Nach Idee von A. Niole und Louis Piguet, Schweiz, Stopper, Chronographen mit Nullrückstellung (Herzscheibe)
J. C. Lutz, Genf, erfindet neues Verfahren zum Härten von Spiralen
Entdeckung des Planeten Neptun

1850 Eduard Eppner beginnt in Nordamerika mit schablonenmäßiger Uhrenfabrikation
Zahlreiche Versuche mit „elektrischen Uhren“

1851 Jean Bernard Foucault, Frankreich, beweist mit seinem Pendelversuch im Pariser Pantheon die Drehung der Erde

1857 Henry Golay, Schweiz, erfindet Selbstschläger-Taschenuhren mit Minutenrepetition

1858/59 Edouard Philipp, Frankreich, veröffentlicht Schrift über Spiralendkurven

1859 „Westminster“-Schlagwerk im „House of Parliament“

1860 Jäger-Le Coultre, Schweiz, verwendet den Remontoiraufzug

1861 Claudius Saunier, Frankreich, veröffentlicht sein grundlegendes Lehrbuch der Uhrmacherei

1863 Erhard Junghans, Schramberg, Schwarzwald-Industrie, „Amerikaneruhren"

1865 Matthias Hipp, Deutschland, konstruiert eine elektrische Pendeluhr mit „elektrischem Gang"

1866 Moritz Grossmann, Deutschland, veröffentlicht seine Erkenntnisse im „Freien Ankergang"

1868 „Roßkopfuhren", Schweiz, einfache, aber gediegene Stiftankeruhren mit Remontoiraufzug

1870 Johann Manhart vollendet die große Berliner Rathausuhr mit frei schwingendem Pendel (Manhart-Hemmung)

Gustav Boley, Deutschland, beginnt Fabrikation von Präzisionsuhrmacherwerkzeugen

1873 Wiener Weltausstellung (mit Wiener Kunstuhr von Franz Zajicek)

1. Jänner: Einführung der europäischen Zeitmessung und des Gregorianischen Kalenders in Japan

1877 C. A. Paillard, Schweiz, verwendet für „Antimagnetische Uhren" eine Palladiumspirale

1878 Gründung der Deutschen Uhrmacherschule in Glashütte

1880 Foucaultscher Pendelversuch in der Wiener Rotunde beweist Drehung der Erde (Kugel an 50 m langem Seil, 22 kg schwer)

Einführung von Uhren als Firmungsgeschenk (früher nur Kerze, Gebetbuch und „Zehrung")

Marineministerium Berlin bestellt in La Chaux de Fonds große goldene „Armbanduhren" mit einem Kettenarmband aus Metall

1882 Julius Grossmann, Eberswald, Deutschland, veröffentlicht Untersuchungen über Spiralen

1885	Ludwig Strasser übernimmt die Leitung der Glashütter Uhrmacherfachschule
1889	Siegmund Riefler, Deutschland, konstruiert Pendeluhr mit vollkommen frei schwingendem Pendel und eine Doppelradhemmung für Chronometer mit vollkommen frei schwingender Unruh
1890	Louis Lossier, Schweiz, veröffentlicht Untersuchungen über das „Regulieren in den Lagen"
1892	Riefler konstruiert Quecksilberröhrenpendel
1893	1. April: Deutschland führt die „mitteleuropäische Zeit" ein
1897	Ch. Ed. Guillaume, Frankreich, entdeckt die Eigenschaften besonderer Nickelverbindungen, läßt erstes „Invar"-Nickel-Stahl-Pendel anfertigen (invar = invariable = unveränderlich in der Temperatur; elinvar = elastisch-unveränderlich = für Spiralen)
1903/10	Karl Kohler, Technische Hochschule Wien, erste elektrische Uhrenanlage in Technischer Hochschule
1910	1. Mai: Wien führt die „mitteleuropäische Zeit" ein (früher: Wiener „Ortszeit", Differenz: 5 Minuten 21,4 Sekunden)
1910/11	Fabriksmäßige Herstellung von Armbanduhren Umbau alter Damenuhren mit Seitenbügeln für das Band oder Lederbänder zum Einstecken der kleinen Damenuhr unter eine Lederkappe)
1910/12	Bernhard Hiller, Deutschland (Patent 1910), Herstellung einer „sprechenden Uhr" mit Film-, Tonband und „Zeitansage" (erstes Tonband)
1914	John Harewood, London, Patent für Idee einer automatischen Armbanduhr
1917	Karl Satori, Wien, erfindet Kompensationspendel mit einem im elektrischen Flammenbogen hergestellten Quarzstab
	Begründung des Uhrenmuseums der Stadt Wien (Eröffnung 1921)

1927	W. A. Marrison, Versuche mit Quarzresonatoren 7. Oktober: Mercedes Gleitze durchschwimmt den Ärmelkanal mit einer wasserdichten Armbanduhr. Damit Armbanduhr zuerst in England, dann in Frankreich und sehr bald Weltmode
1933/34	Quarzuhr mit Hochfrequenzschwinger von Scheibe und Adelsberger, Berlin
1935	Fernsprechzeitansage in Deutschland
1948	Atomuhr von Harold Lyons mit Amoniakmaser (nahezu 24 Milliarden Schwingungen/Sekunde)
1952	USA, Cäsium-Atomuhr
1953	Lavet, Schweiz, baut elektrische Pendeluhr mit Transistorsteuerung
1954	Max Hetzel, Schweiz, entwickelt Stimmgabel-Armbanduhr mit Transistorsteuerung
1962	Mit Hilfe des Nachrichtensatelliten „Telstar" gelingt Uhrensynchronisation zu beiden Seiten des Ozeans auf eine Zehnmillionstelsekunde
1966/68	Die Schweiz und Japan bauen extrem genaue Armbanduhren: 1 Sekunde/Monat. Miniaturquarzkristall, mikroelektronische Schaltkreise für 60 Transistoren, 80 Restistoren und 50 Capazitoren
1971/72	Durchsichtige elektrische Armbanduhren mit „Digital"-Leuchtziffernanzeige durch Verwendung von elektrisch gesteuerten Flüssigkeitskristallen

II. TEIL
DAS UHRENMUSEUM DER STADT WIEN
Ein Rundgang

GESCHICHTE EINES ALT-WIENER HAUSES

Während der Wiener Festwochen flattern an vielen Gebäuden der Stadt rotweißrote Fähnchen. Die Stadt Wien stellt damit ihren Besuchern historisch bedeutsame Bauten vor. Auch an dem Hause Schulhof Nr. 2 wehen diese Fähnchen über einer Tafel mit der Aufschrift: Ehemaliges Palais Obizzi, Uhrenmuseum der Stadt Wien.

Rund 900 Jahre reicht die Geschichte dieses uralten Wiener Hauses zurück, das im 11. Jahrhundert entstand. Zwischen den alten Häusern der „Kurrenten", der ehemaligen Weinzehenteinheber, und der um 1030 aufgeführten Westmauer fügte sich einstmals ein ebenerdiges Häuschen dem kärglich verbliebenen Raume ein. Die daraus sich ergebende Grundrißform trug ihm später den Namen „Harfenhaus" ein. Wenige Schritt daneben errichtete gegen 1155 Heinrich Jasomirgott seine Residenz, eine Häusergruppe mit einem großen Hof, wonach heute noch der Platz „Am Hof" heißt. 1386 entstand die gotische Kirche, die später, barockisiert und erweitert, die Bezeichnung „Zu den neun Chören der Engel" erhielt. Links neben der Kirche führt ein Torbogen vom Platz Am Hof zu dem kleinen verträumten Schulhof.

Das kleine Harfenhaus erhielt später ein Stockwerk aufgesetzt, wechselte auch mehrmals seinen Besitzer, bis es gegen 1580 in den Besitz der Grafen *Starhemberg* überging. Zu einem zweistöckigen Gebäude ausgebaut, hieß es rund hundert Jahre lang „Starhemberghaus". Während der Zweiten Türkenbelagerung — erzählt die Überlieferung — wurden im offenen Kaminfeuer Bleikugeln für die Verteidigung der Stadt Wien gegossen.

1690 erwarb *Ferdinand Marchese von Obizzi* das Haus.

Obizzi war Kommandant der Stadtguardia; das war eine Wachmannschaft, die in den Vorstädten und auf den Befestigungen der Stadt ihren Dienst tat. Dem alten Starhemberghaus wurde ein drittes Stockwerk aufgesetzt, eine Mansarde angefügt, und ihre Giebelseiten wurden mit barockem Schmuck versehen. Die Decken der Zimmer erhielten kunstvolle Stukkaturverzierungen, die Wände bunte Malereien, und über die mächtigen Fußbodenbretter legte man wertvolles Tafelparkett. So entstand ein prächtig ausgestattetes Gebäude, das „Palais Obizzi". Im 18. und 19. Jahrhundert wechselten wieder die Bewohner. Das Haus diente teils als Zunftstätte für verschiedene Gewerbe, teils als Wohnraum. Bürgerliche und adelige Namen lösten einander ab. 1885 werden noch „Anna Perger und acht weitere Mitbesitzer" genannt. Zur Verbesserung der beengten Verkehrssituation erwarb 1901 die Gemeinde Wien das Haus. Unter Denkmalschutz gestellt, fiel es jedoch nicht der Spitzhacke zum Opfer, sondern erhielt mit Rücksicht auf seinen historischen Wert 1917 eine neue Bestimmung. Die große, wertvolle Uhrensammlung Rudolf Kaftans sollte hier den Grundstock für das erste „Uhrenmuseum" bilden.

DAS UHRENMUSEUM UND SEINE ENTSTEHUNG

Am 4. Mai 1917 hatte der Wiener Gemeinderat den Beschluß gefaßt, die umfangreiche Sammlung des großen Uhrenliebhabers Rudolf *Kaftan* zu erwerben, um damit ein Uhrenmuseum zu begründen.

Rudolf Kaftan übernahm die Leitung, sorgte für den Aufbau und vermehrte in 40jähriger Tätigkeit weiterhin den Bestand des Museums; leider mußte er nach Ende des Zweiten Weltkrieges feststellen, daß rund 2000 Uhren nicht mehr den Weg aus den Verlagerungsorten zurückgefunden hatten. Sie sind unwiederbringlich verloren. Kaftan verblieb weiter als aktiver Direktor, inmitten seiner geliebten Uhren, im Museum, bis zum Tod im 91. Lebensjahr. Ein Jahr danach, 1962, schloß sich das Tor für die Besucher. In mehrjähriger Arbeit wurden Haus und Ausstellungsräume modernen Erfordernissen angepaßt und eine mit Raumthermostaten gesteuerte Heizanlage eingebaut.

Tausende von Arbeitsstunden mußten in den Restaurierwerkstätten des Historischen Museums der Stadt Wien am Karlsplatz — dem das Wiener Uhrenmuseum wie alle städtischen Museen und Gedenkstätten angegliedert ist — geleistet werden, um die Ausstellungsstücke entsprechend herzurichten. Schmiede und Schlosser arbeiteten an den eisernen Werken der Turmuhren, Tischler, Drechsler, Holzschnitzer und Bildhauer gaben den künstlerisch wertvollen Uhrgehäusen ihr früheres Aussehen wieder. Die bemalten Zifferblätter, die Bilderuhren und sonstigen polychromierten Figuren zeigen nun nach der Restaurierung wieder ihre Originalfarben, nachdem in mühevoller Kleinarbeit spätere Überlagerungen abgetragen worden waren.

Die Uhren selbst erwachten in der museumseigenen Fachwerkstätte zu neuem Leben; manches Stück, das viele Jahre still und stumm gelegen war, begann wieder zu ticken, schlug die Stunden oder vermochte besondere Kunststückchen auszuführen.

1966 wurde den Besuchern mit einer Sonderschau vorerst ein Stockwerk wieder zugänglich gemacht. Die insgesamt mehr als 3000 Uhren aus vielen Ländern und sechs Jahrhunderte umfassende Spezialsammlung zählt zu den größten der Welt. Mit großer Sorgfalt und Sachkenntnis wurden daraus rund 900 Stück als Ausstellungsobjekte ausgewählt, nach historischen Gesichtspunkten auf die sehr verschiedenartigen Räume des alten Hauses aufgeteilt und in modernen Vitrinen oder auf übersichtlichen Regalen aufgestellt.

Ein Rundgang durch die Ausstellungsräume des im Jahre 1967 wieder mit allen Stockwerken eröffneten Uhrenmuseums veranschaulicht sowohl die technische Entwicklung der Uhrwerke als auch die kunststilistischen Formveränderungen am Äußeren der Uhren.

1 Werk der Turmuhr von St. Stephan in Wien, 1699

2 Eiserne Wanduhr, um 1450
3 Standuhr auf Wandkonsole, im Stil des 16. Jhdts.

4 Anhänger- oder Halsuhr mit Räderwerk, um 1540

5 Renaissance-Türmchenuhr, um 1620

6 Barock-Standuhr, um 1750

7 Astronomische Kunstuhr von D. a. S. Cajetano, 1769

8 Phantasieform-Uhren, um 1795
9 Violine-Anhängeruhr, um 1800

10 Figurenuhr, 1788

11 Empire-Bronzeuhr, um 1800

12 Pendeluhr mit Acht-Tage-Gangdauer, um 1815
13 Pendeluhr mit Jahresgangdauer, um 1830

14 Schild-Goldrahmenuhr, um 1825
15 Bilderuhr, um 1828

16 Biedermeier-Stockuhr, um 1830
17 Neugotische Bodenstanduhr, um 1860
18 Historistische Rokoko-Uhr, um 1880

19 Zifferblatt und Werk der Weltausstellungsuhr, um 1873
20 Figuren-Automatenwerk, um 1700

21 Figuren-Automatenwerk mit Seiltänzergruppe, um 1830

EIN RUNDGANG DURCH DAS UHRENMUSEUM

HAUSFLUR

Der Besucher des Museums sieht als erstes ein mächtiges eisernes Zifferblatt; es stammt von der Barnabiten- oder Mariahilfer Kirchenuhr. An der gegenüberliegenden Wand befinden sich die Zeiger der Turmuhr des Wiener Rathauses; sie sind nach einer Restaurierung hierher gekommen.

LICHTHOF

Hier ist der steinerne Trog des ehemaligen Hausbrunnens eingemauert. Er stammt vermutlich noch aus der Römerzeit.
Eine steinerne Wendeltreppe führt hinauf in die Ausstellungsräume.

ERSTES STOCKWERK — VORZIMMER

Mittagszeichen der Stadt Wien: Funktion und Signal des um 1882 bei der Feuerwehrzentrale Am Hof eingerichteten Zeitzeichens werden hier auf einer Texttafel erklärt.

RAUM 1: TURMUHRZIMMER

Uhrwerk aus dem Eferdinger Starhembergschloß: Das aus dem 16. Jahrhundert stammende handgeschmiedete Räderwerk weist noch die älteste Hemmungseinrichtung mit Vertikalspindel und schwingendem Waagbalken (Foliot) auf.

Puchenstubner Turmuhr, mit aufwärtsgerichtetem Kronrad, waagrechter Spindel und Pendelregulator (gegen 1660 eingeführt).

Turmuhr der Wiener Stephanskirche: Das mächtigste Ausstellungsobjekt des Uhrenmuseums der Stadt Wien bildet dieses viele Zentner schwere Räderwerk, das der Schlossermeister Jacob Joachim Oberkircher 1699 verfertigt hat. Es besitzt den um 1680 in England erfundenen „rückführenden Ankergang". Für das Stundenschlagwerk dient die nahezu 1 Meter große Schloßscheibe als Programmsteuerung für die zwölf Schläge. (Abb. 1.)

Turmuhrwerk vom Alten Rathaus in der Wipplingerstraße: An dieser um 1750 entstandenen Turmuhr sind bereits Schlagwerkanordnungen für Viertelstunden und volle Stunden zu sehen. Als Hemmungseinrichtung dient der um 1741 von dem französischen Meister Amant erfundene Stifte- oder Scherengang.

Laufwerk mit Bratspieß: Die beiden Bratenwender, „Brater", dienten nicht der Zeitmessung; sie hatten lediglich den Bratspieß über dem offenen Herdfeuer gleichmäßig zu drehen. (Eine schlechtgehende Uhr wird im Wienerischen mitunter heute noch als „Brater" bezeichnet.)

RAUM 2: EISERNE UND HÖLZERNE WANDUHREN

Spindel-Waaguhr mit Stundenwecker: Als ältestes Objekt der Sammlung darf die noch aus dem 15. Jahrhundert stammende „Türmeruhr" bezeichnet werden, die mit der kleinen schwingenden Glockenschelle den Turm- oder Feuerwächter stündlich an das „von Hand aus" vorzunehmende „Schlagen der Stunden" erinnerte. (Abb. 2.)

Gotische Standuhr mit Schlagwerk: Auf der hölzernen Wandkonsole steht eine eiserne Uhr mit einer Radunruhe, der sogenannten Unrast. Über den Ecksäulen trägt der mit Krabben und Kreuzblume verzierte Spitzbogen die beiden Glocken für Viertel- und Stundenschläge. Das offene Werk gleicht in seinem Aufbau einem aufstrebenden gotischen Turmhelm. (Im Stil des 16. Jahrhunderts, vermutlich aber später entstanden.) (Abb. 3.)

Eiserne Wanduhr mit holzgeschnitzter Zifferblattumrahmung: An der mit der Jahreszahl 1563 signierten Wanduhr flankieren holzgeschnitzte Figuren der Heiligen Nikolaus und Wolfgang den sich in 29½ Tagen herumdrehenden blau-goldenen Mond; an der Kugel werden die Lichtgestalten des Mondes deutlich sichtbar. Auf fünf Zifferblättern geben die Zeiger Uhrzeit, Wochentage, Datum und den jeweiligen Monatsnamen an, während ein in 13 Wochen herumwandernder Zeiger das Ende eines Vierteljahres (Zins- und Zehentleistung) ankündet.

Eiserne Laternuhr mit beweglicher Zifferblattfigur: Über dem Zifferblatt dieser Uhr, aus der Zeit um 1600, die in der äußeren Form einer Stall- oder Wagenlaterne gleicht, wird mit jedem Stundenschlag ein Löwenkopf „lebendig", dessen Rachen sich öffnet und schließt. Einer der frühesten Bewegungsautomaten.

Die Turmuhren und Wanduhren der ersten beiden Räume sind von Schmieden und Schlossern verfertigt worden. An Stelle von Gewindeschrauben dienen ausschließlich Nieten, Keile oder Stifte der Verbindung der Werkteile. (Farbtafel II.)

Zifferblatt und Zeigeranordnung

Viele Uhren dieser Epoche haben nur einen *Zeiger, den Stundenzeiger. Die Genauigkeit der Zeitmesser war noch gering und das Bedürfnis der Menschen nach präziser Uhrzeit noch nicht vorhanden. Erst im 16. Jahrhundert fügte man den Uhren ein zweites, kleineres Zifferblatt mit den römischen Zahlenzeichen I bis IIII hinzu, worin ein kurzer Zeiger die Viertelstunden anzeigte. Diese exzentrische Anordnung findet man sowohl bei den Renaissance-Türmchenuhren als auch bei den eisernen oder hölzernen Wanduhren bäuerlicher Art. Manche der alten öffentlichen Zeitmesser an Stadt- oder Kirchtürmen weisen eine zwar zentrische, aus der Mitte kommende Zeigeranordnung auf, doch muß man die Ablesung gegenüber neuzeitlichen Uhren umkehren. Der ehemals wichtigere Stundenzeiger ist der große, während im inneren Kreis der kleine Zeiger an den vier römischen Ziffern die nebensächlicheren Viertelstunden angibt. Das in Österreich vielleicht bekannteste Beispiel für diese Zeigerausstattung befindet sich am Uhrturm auf dem Grazer Schloßberg.*

Als um 1700 der Minutenzeiger allgemeiner verwendet wurde, war er im zentralen Zifferblatt der längere und zeigte im äußeren Kreis in arabischer Bezifferung die Minuten an, die meist von fünf zu fünf beschriftet waren. An den eisernen oder hölzernen Bauernuhren mit dem sogenannten „Kuhschwanzpendel" sind im Verlauf des 16. und 17. Jahrhunderts alle drei erwähnten Zifferblattausführungen vertreten. Bei den kunstvollen Barockuhren aus der Zeit um 1700 zeigen manche Zifferblätter aus vergoldetem Messing in der Gravierung alle 60 Minuten mit den Ziffern 1 bis 60 an, wahrscheinlich, um das damals Neue der Minuteneinteilung besonders zu betonen. Vereinzelt standen jedoch für astronomische Beobachtungen schon viel früher Uhren mit kürzeren Zeitmaß-Einteilungen in Gebrauch. So verwendete gegen 1570 Tycho de Brahe *bereits Getriebe aus Messingguß mit Rädern von einem Meter Durchmesser und 1200 Zähnen, um das Bestimmen von Sterndurchgängen in Minuten- und Sekundengenauigkeit zu ermöglichen. Die im Kunsthistorischen Museum in Wien befindliche Bergkristalluhr des berühmten Uhrmachers* Jost Burgi *aus der Zeit um 1625 weist wahrscheinlich als erste drei exzentrische Zifferblätter für Stunden, Minuten und Sekunden auf. Als Gangregler dieser Uhr dient ein doppelarmiges Gegenpendel, ein sogenannter „Kreuzschlag".*

RAUM 3, DAS „GOLDENE ZIMMER": RENAISSANCEUHREN

Während die früheren Turm- und Wanduhren ausschließlich von schweren Steinen oder aus Eisen geschmiedeten Gewichten den Antrieb für das Räderwerk erhalten, besitzen die Renaissance-Standuhren und die kleinen am Körper getragenen Zeitmesser bereits die Zugfeder *als treibende Kraft. Rund zweihundert Jahre nach Einführung der mechanischen Zeitmesser begann somit ein neuer wichtiger Abschnitt der Uhrentechnik. Das gerollte Federband — in Tür- und Truhenschlössern längst in Verwendung — diente als Anregung zum Bau von Federzuguhren. Den Erfinder der Federzuguhr kennen wir nicht. Ohne Schnüre und Gewichte war die Uhr nicht mehr ortsgebunden, konnte somit wesentlich kleiner, also* tragbar *werden.*

Die von Italien ausgehende Wiedergeburt der Antike in der Renais-

sance prägte mit ihren Stilformen auch die Gehäuse der vor allem in Augsburg und Nürnberg entstehenden Standuhren des 16. und 17. Jahrhunderts. Das Vorbild des freistehenden Glockenturmes, des italienischen Campanile, ist deutlich an den Renaissance-Türmchenuhren zu erkennen. An den reichvergoldeten, prächtig ornamentierten Uhren merkt man, daß sich bereits in dieser Zeit neben den Schlossern auch Goldschmiede mit der Herstellung von Zeitmessern befaßten.

Durch Automatenwerke „verlebendigte" Menschen- und Tiergestalten brachten die Freude an der Bewegung und am diesseitigen Leben zum Ausdruck. Sie wurde in der Zeit der Gegenreformation durch Bußprediger nach und nach verdrängt, der Jenseitsgedanke trat wieder in den Vordergrund, und die Uhrformen spiegelten dies getreulich wider. Monstranz-, Kreuz- und Kruzifixuhren verdanken ihr Äußeres dem um 1600 wiedererstarkten religiösen Empfinden, das diese Formen zum Vorbild für Uhrgehäuse werden ließ. Anhängeuhren in Gestalt eines Sarges oder in einen Miniatur-Totenschädel eingebaut, sollten wieder auf das Jenseits und die Vergänglichkeit alles Irdischen hinweisen.

Aus der ersten Hälfte des 16. Jahrhunderts stammen vorwiegend noch etwas größere, runde Gehäuse sowie vier- oder sechseckige Kästchen für Reise- oder Tischuhren.

Über die Hals- oder Anhängeruhren erzählt der Nürnberger Chronist Cochleus in einem sehr aufschlußreichen Bericht aus dem Jahre 1513. In diesem Zusammenhang wird auch der Name des Schlossermeisters Peter Hele (Henlein) genannt und eine sehr deutliche Beschreibung einer kleinen tragbaren Anhänger-Federzuguhr gegeben. Die Übersetzung des lateinischen Textes lautet: „Es werden tagtäglich subtilere Dinge erfunden; so macht Peter Henlein, ein noch junger Mann, Werke, welche die Bewunderung selbst der größten Mathematiker erregen; denn er baut aus wenig Eisen Uhren mit sehr vielen Rädern, welche, wie man sie auch legen mag, und ohne alles Gewicht, 40 Stunden zeigen und schlagen, gleichviel, ob sie im Busen oder in der Geldbörse getragen werden." Mit den flachen Dosen, den frühen Halsuhren, die man an Kette oder Band auf der Brust zu tragen pflegte, war die Uhr am Körper tragbar und damit zum ständigen Begleiter des Menschen geworden. Henlein baute seine eisernen Werke auch in kugelige Duft-

anhänger, sogenannte Bisamäpfel *ein. Ein Zeitgenosse Henleins, Neudörffer, erzählt „von kleinen Ührlein, welche Henlein in die Bisamknöpfe als fast der ersten einer gemacht habe".*

Erst nach 1550 erhielten die Gehäuse eine längliche, ovale Form und wurden eiähnlich. Aus dem damaligen Namen „Eiuhr" leitete man später die bekannte Bezeichnung Nürnberger Eierlein *ab, die jedoch keinesfalls mit Peter Henlein in Verbindung zu bringen ist. Die Uhren seiner Zeit waren kugel-, trommel- oder dosenförmig. Der Irrtum könnte von dem am Beginn des 16. Jahrhunderts für eine „tragbare" Uhr verwendeten Wort „orrlei" oder „orlein" herrühren.*

Neben den tragbaren mechanischen Räderuhren standen noch bis in das 18. Jahrhundert Taschen-Sonnenuhren *in Verwendung. Eingebaut in kleine runde Dosen, aus Holz oder Elfenbein gedrechselt, oder in der Form eines zusammenlegbaren Büchleins (Klapp-Sonnenuhren), konnten diese Uhren mit Hilfe eines Kompasses auf die Südrichtung eingestellt werden.*

Nicht selten überprüfte man den Gang der mechanischen Uhr, die „vergehende" Zeit, mit den „verstreichenden" Stunden der Sonnenuhr. Mit einem nach der Gradzahl der Polhöhe oder geographischen Breite einstellbaren Stundenring konnten die Universal-Sonnenuhren überall als Taschenzeitmesser Verwendung finden.

Auch Sandhuhren *wurden nach wie vor in verschiedenen Formen und für zahlreiche Verwendungszwecke hergestellt.*

Wandvitrine mit frühen tragbaren Federzuguhren und Taschen-Sonnenuhren

Trommelförmige Tischuhr mit aufgesetztem Weckerwerk: Über dem vergoldeten Gehäuse dreht sich im horizontalen Zifferblatt der Stundenzeiger und kann zur gewünschten Zeit den kleinen Auslösehebel für das Weckerläutwerk betätigen. Um 1540.

Dosen-Halsuhr: Das neben dem feuervergoldeten reichverzierten Gehäuse sichtbare Werk ist aus Eisen verfertigt und besitzt außer dem Gehwerk ein Weckerwerk und eine Stunden-Schlageinrichtung. Um 1550. (Abb. 4.)

Sogenannte „Nürnberger Eierlein“: Das länglich-ovale Gehäuse läßt im Zifferblatt die Uhrzeit, Wochen- und Monatstage sowie die Monatsnamen und die Mondviertel erkennen. Um 1680.

Bergkristalluhr: Die Seitenflächen der achteckigen Anhängeruhr bestehen aus durchsichtigem, geschliffenem Bergkristall. Um 1700. Eine größere Zahl von *Taschen-Sonnenuhren* zeigt die verschiedensten Formen und Ausführungen. Neben dem einfachen Sonnenring und der schinkenförmigen Art gibt es eine Reihe von Universal-Sonnenuhren mit Gradeinteilung für die notwendige Polhöhe und einem Kompaß für die Einstellung der Nord-Süd-Richtung. 16. bis 18. Jahrhundert.

Wandvitrine mit Standuhren

Die *türmchenförmigen Renaissanceuhren* zeigen im größeren Zifferblatt die Stunden und darunter im kleineren die Viertelstunden an. Ihre Form gleicht dem italienischen Campanile. Den Abschluß bildet eine Kuppel oder eine Säulengalerie mit laternenartigem Aufbau. Meist 17. Jahrhundert. (Abb. 5.)

Kruzifixuhr: An einer an dem feststehenden Zeiger vorbeigedrehten Stundenskala kann auf der Kugel über dem Kreuz die Uhrzeit abgelesen werden. Das Räderwerk befindet sich im Unterteil, wobei eine durch das Kreuz führende Welle die Verbindung nach oben ergibt. Um 1610.

Sanduhr: Eine seltene Laufzeit von drei Stunden weist die im Jahre 1664 in Nürnberg verfertigte Sanduhr auf. Signiert: „In Noribergensis Fecit Johannes Andreas Zick.“ (Farbtafel I.)

Kugel- oder Sinkballuhr: Einen eigenartigen Zeitmesser stellt diese aus dem 17. Jahrhundert stammende kugelförmige „Betthimmeluhr“ dar. An ihr kann die Zeit an einem Zeiger sowohl am äußeren Zahlenring als auch an einem kleinen, an der Unterseite der Kugel sichtbaren Zifferblatt abgelesen werden. Während die Uhr im Verlauf von 24 Stunden an einer dünnen Gliederkette abwärtssinkt, treibt sie sich selbst durch ihr Gewicht an. Um 1630.

Monstranzuhr: Johannes Schneider aus Augsburg verfertigte sie um 1630. Auf den Schultern des Herkules ruht die runde Uhrtrommel als Symbol für die von ihm getragene Himmelskugel. Die Zeiger vermitteln Stunden, Mondumlauf und die Erdbewegung um die Sonne im Verlauf eines Jahres. Das Schlagwerk ist für wechselweise 12- oder 24-Stunden-Zählung eingerichtet (1 bis 24 Schläge).

Lampen- oder Nachtlichtuhr: „Elias Weckherlin Augsburg" lautet die Signierung an der mit einem drehbaren Zifferblatt versehenen Standuhr. Die durchbrochenen Zahlen wandern an einem feststehenden Zeiger vorbei und werden dort durch eine kleine Lampe von innen beleuchtet. Um 1670.

RAUM 4: BAROCKUHREN

Das 18. Jahrhundert war überreich an Erkenntnissen und Neuerungen. Die Verwendung gebohrter Rubinsteine, die Anwendung der Ankerhemmung bei Pendeluhren, die Verwendung des verbesserten Zylinderganges für tragbare Zeitmesser, der Gebrauch von Kompensationspendeln sowie manch andere technische Änderungen und Erfindungen bedeutender französischer und englischer Uhrmacher hatten die Genauigkeit der Zeitmessung wesentlich verbessert. So scheint an diesen Uhren neben Stunden- und Minutenzeiger vielfach auch schon der Sekundenzeiger auf.
Trotz vereinzelter großer Seefahrererfolge und der Entdeckung neuer Erdteile am Beginn der Neuzeit beschränkte sich die allgemeine Schiffahrt noch weitgehend auf die Küstengebiete, da die Bestimmung der geographischen Länge noch große Schwierigkeiten bereitete.
Immer wieder verlangten die Seeleute nach geeigneten Apparaten zur genauen Standortbestimmung auf den Weiten des Meeres. Anregungen von Gemma Frisius *(Rainer Gemma), Friesland, um 1530 und* Isaak Newton *um 1700 sowie ein Preisausschreiben der englischen Regierung im Jahre 1714 führten zu intensiven Versuchen, genauere Uhren zu bauen, um damit das Longitudinalproblem zu lösen.* John Harrison *gelang es auch tatsächlich nach großen*

Mühen, 1736 mit seinem ersten Seechronometer *die gestellten Bedingungen für eine exakte Bestimmung der geographischen Länge zu erfüllen und in weiteren Uhren die Genauigkeit noch bedeutend zu verbessern.*

Das Wissen um die Zusammenhänge im Universum hatte schon im 16. und 17. Jahrhundert dazu geführt, die Bewegung der Gestirne mittels Uhrwerken in Planetarien und Astrolabien nachzuahmen. In zahlreichen Uhren des 18. Jahrhunderts sind Indikationen für Kalenderdaten oder Planetenkonstellationen vorgesehen.

Im Verlauf der Entwicklung entstanden aus den ehemals frei an der Wand hängenden eisernen Gewichtsuhren die geschlossenen hohen Bodenstanduhren, *deren Uhrkasten den diversen Kunstrichtungen entsprechend stilisiert war. In der Barockzeit schmückten Marketerien (Einlegearbeiten) die großen Kastenflächen. Als Einlegematerialien dienten mehrfarbige Holzarten, Silber, Messing, Zinn und vor allem Schildpatt. Gebogene Flächen, runde, wolkenhaft verfließende Formen und die spiraligen Schneckenrollen der Voluten kennzeichnen weitgehend den Stil des 18. Jahrhunderts.* (Abb. 6.) *Durch die Verwendung von Zugfedern erübrigte sich später der hohe Kasten für die Fallhöhe der Gewichte, die Standuhren wurden niedriger, kürzer oder „gestutzter". Man nahm gewissermaßen für die kleinere Kommoden-Standuhr nur den oberen Stock der großen Bodenstanduhren, ließ den hohen Aufbau für die Gewichte weg und nannte sie Stutzuhr.*

Manchmal wird für die Barock-Standuhr auch die Bezeichnung altdeutsche Uhr *verwendet. Die ebenfalls gebräuchliche Benennung als Stockuhr ist nicht ganz zutreffend, sie ist vielmehr für die Biedermeier-Stockuhren richtig, denn dort sind sowohl die hölzernen Säulen als auch die runde Uhrtrommel, das Gehäuse des Uhrwerkes, aus Rund- oder Stockholz gedrechselt.*

In Frankreich wandelten sich um die Mitte des 18. Jahrhunderts die eher strengen, symmetrischen Barockformen der Uhrgehäuse zu den graziösen, leichtbeschwingten Linien des Rokokostils. Die Ableitung des Wortes aus dem französischen „rocaille", Grotten- oder Muschelwerk, wird durch vielfach abgewandelte Muschelformen an Porzellanuhren und an den Gehäusen aus vergoldeter Bronze deutlich sichtbar. (Abb. 18.)

Bodenstanduhr mit Einlegearbeiten aus verschiedenfarbigen Holzarten. Neben dem prächtig intarsierten Uhrkasten fällt hier das mit zahlreichen Indikationen ausgestattete Zifferblatt auf. Außer der Uhrzeit in Stunden, Minuten und Sekunden sind der Monats- und der Wochentag ersichtlich, wobei bildhafte Darstellungen der Planetengötter den Zusammenhang zwischen ihnen und den Wochentagsbenennungen kennzeichnen. Über der Anzeige des Mondalters und der Mondphasen gibt eine weitere Skala den Zeitpunkt von Flut und Ebbe an. Signiert: „Jacobus van der Hegge, den Haag." Um 1740.

Kommodenstanduhren: Die heute unter dieser Bezeichnung zusammengefaßten Stand-, Stock- oder Stutzuhren sind zahlreich vertreten und ebenfalls mit kalendarischen, teilweise auch astronomischen Anzeigen ausgestattet. Das allseitig verglaste Holzgehäuse trägt neben dem profilierten Walmdach vier Bronzeflammen und darüber den oft kunstvoll verzierten Traggriff.

Kommodenstanduhren (unter vielen anderen), signiert mit:
„Boschmann, London": Datumanzeigen und Mondphasen. Um 1730.
„Josef Schreiblmeier, Wien": Um 1775. (Farbtafel III.)
„Joseph Gustermann, Wien": Kalenderdaten und Viertelstundenglockenspiel (Carillon). Um 1750.
„Elias Kreittmayr, Friedberg": Silber-Messing-Schildpattintarsien. Um 1710.
„Aegidius Wathele, Prag": Kalenderanzeigen, Tageslänge mit jahreszeitlich veränderlichem Sonnenauf- und -untergang. Um 1750.

Bodenstanduhren: „Henry Batterson, London": Intarsierter Uhrkasten mit holzgeschnitzter Figur, Chronos als Gott der Zeit. Um 1700.
Figurenuhr, Hanswurst, Wien: Das Uhrwerk ist in der Figur als Symbol für das schlagende Herz zu verstehen. Hanswurst-Darstellung weist auf die in dieser Zeit beliebte gutmütig-ausgelassene Bühnengestalt hin. Um 1760.

Pultvitrinen mit frühen Taschenuhren: Im Barockzimmer sind auch die dicken, schweren *Sack-* oder *Zwiebeluhren* zu sehen. Mehrfache Übergehäuse umgeben zwiebelschalenartig die Taschenuhr. Vor dem

Aufziehen der Feder mit Hilfe des Uhrschlüssels werden diese, wie bei einer auseinandergeschnittenen Zwiebel, geöffnet und abgehoben. Die Signierungen weisen bekannte Uhrmachernamen aus Frankreich, England und Österreich auf. Die Gehäuse bestehen zumeist aus getriebenem oder durchbrochenem Silber, teilweise zeigen sie auch reiche Vergoldung. Vorwiegend 1. Hälfte des 18. Jahrhunderts.

Astronomische Kunstuhr des Paters Cajetano: 1769 vollendete in Wien der Augustinermönch David a S. Cajetano eine große Standuhr, in der er mit Hilfe neuartiger Räderübersetzungen eine Unzahl zeittechnischer, kalendarischer und astronomischer Anzeigen ermöglichte. Als Überblick seien genannt: die Anzeigen der Stunden und Minuten, der Wochentage, Monatstage, Monatsnamen, Tierkreiszeichen; die bis 9999 richtige automatisch veränderte Jahreszahl, der Schaltjahreszyklus, die Mondphasen und die Bewegung der fünf klassischen Planeten, die von der elliptischen Erdbahn abhängige „wahre“ und unsere normale „mittlere“ Zeit. 80 verschiedene Ortszeiten rund um den Erdball, die Zeitpunkte von Sonnen- und Mondfinsternissen und noch viele andere Daten.
Ein kleiner Doppelzeiger im obersten Zifferblatt durchwandert die 12 Zeichen des Tierkreises unendlich langsam. Seine Umdrehungszeit beträgt 20.904 Jahre. Er gibt damit die Präzession an, die Vorziehung der Tag- und Nachtgleichen durch die sich unaufhaltsam verändernde Lage unserer Erdachse. So wie jeder irdische Kreisel, sich um seine eigene Achse drehend, gleichzeitig eine Bewegung ausführt, die den Mantel eines Kegels beschreibt, so verändert sich auch im Lauf der Jahrtausende die Stellung der Erdachse gegenüber dem Polarstern.
Bei dieser Uhr kann auf der Basis von zahlreichen kunstvollen Zahnradübersetzungen bereits von einer Datenverarbeitungsanlage gesprochen werden. (Abb. 7.)

RAUM 5, EBNER-ESCHENBACH-ZIMMER: TASCHENUHREN MIT EMAILMALEREIEN

Gegen 1800 wurden die Taschenuhr-Werke kleiner, die Uhren flacher und die Gehäuse prächtiger. Gold und Email, Perlen, Dia-

manten zierten die oft mit leuchtender Miniaturmalerei ausgestatteten Uhren. Besonders die Schweizer Uhrmacher schufen in dieser Zeit erlesene Kunstwerke. (Farbtafel IV.) *Phantasiereiche Schmuckformen hüllten die Zeitmesser ein. Kugeln, Blumen, Käfer, Äpfel oder Birnen, ja sogar Geigen und Lauten stellten die Gehäuse dar, in denen sich, gewissermaßen versteckt, die kleine, zierliche Uhr befand.* (Abb. 8.)

Gold-, Email- und Phantasieform-Uhren: Dieses Zimmer enthält fast ausschließlich derartige prächtige Gold-Emailuhren und zierlich-kostbare Schmuckuhren. Es sind meist Erzeugnisse aus der Zeit zwischen 1790 und 1810. Viele dieser Uhren stammen aus der einst viel größeren Uhrensammlung der Dichterin Marie von Ebner-Eschenbach (1830—1916). Mit Einrichtungsgegenständen aus ihrer Wohnung in der Spiegelgasse in Wien, einer Reihe von Gegenständen des täglichen Gebrauches, dem kleinen Werkzeugkästchen und dem liebevoll-akkurat geschriebenen Uhrenkatalog wurde hier ein Raum zur Erinnerung an die Dichterin geschaffen. (Abb. 9.)

RAUM 6: KLASSIZISTIK- UND EMPIREUHREN

In der zweiten Hälfte des 18. Jahrhunderts trugen die Wände in vornehmen Wohnungen oder in den Schlössern vergoldete Stuckverzierungen: Innerhalb dieser Verzierungen bildeten die Uhren in der Zeit Ludwigs XVI. einen Teil des reichen Wandschmuckes. Aus Bronze gegossen oder mit vergoldeten Holzschnitzereien ausgestattet, waren sie vorwiegend Ornament des Raumes, als Wandschmuck gedacht, also in erster Linie auf äußere Wirkung berechnet. Ihre Form vereinigte gewissermaßen in einem Stück Wandkonsole, Uhrgehäuse und Bekrönung. Man nennt sie Cartel-Uhren.

Die Formen und Gestalten des figuralen Beiwerks der meist vergoldeten Bronzeuhren zeigen die Säulen- und Ruinenromantik, ägyptische Motive sowie fremdländische Menschen und Tiere. (Abb. 11.) *Zu den bekanntesten Meistern zählt der im Jahre 1798 selbständig gewordene Wiener* Johann Georg Danninger, *dem später der Titel „k. u. k. Hofbronzearbeiter" verliehen wurde. Für den Fürsten von Schwarzenberg fertigte er am Beginn des 19. Jahrhun-*

derts kunstvolle Kandelaber. In der neugegründeten Gelbgießerei für Metallgeräte, Uhrengehäuse und figürliche Bronzen entwickelte er bis gegen 1835 einen ganz persönlichen Stil. Die hochkünstlerischen Arbeiten des bedeutenden Bronziers waren alle echt feuervergoldet. An den Biedermeier-Stockuhren sind häufig flachgetriebene, vergoldete Zierteile mit allegorischen oder mythologischen Darstellungen zu finden, die vielfach mit „Detler" signiert sind. Infolge der englischen Erfindung der galvanischen Vergoldung nahm in der zweiten Hälfte des 19. Jahrhunderts die Qualität der Bronze merklich ab. Mit der Verwendung billigerer, weicher Gußmaterialien bei den Stilwiederholungen im Historismus kam es zu einer weitgehenden Verflachung dieser ehemals so bedeutenden künstlerischen Arbeiten.

Im Zuge der Ausgrabungen versunkener Städte, der Freilegung antiker Säulenhallen kamen in den Ruinen auch zahlreiche Geräte und Kunstgegenstände zutage. Sie wirkten gegen Ende des 18. Jahrhunderts auf die Gestaltung der klassizistischen Stilformen ein. Die weltweiten kriegerischen Eroberungszüge Napoleons, die Auffindung des „Steines von Rosette", die dadurch mögliche Entzifferung der Hieroglyphen, all dies spiegelt sich um die Jahrhundertwende auch in den großen Bodenstanduhren und den kleineren Standuhren aus vergoldeter Bronze wider. Die holzgeschnitzten Gehäuse, bemalt oder vergoldet, aus Stein oder Bronze verfertigte Uhren zeigen ägyptische Motive und antiken Formenreichtum. Die Farben Napoleons, Weiß und Gold, sind vorherrschend. Im plastisch-figuralen Beiwerk finden Kriegsgeräte, aber auch Menschen- und Tiergestalten aus dem südöstlichen Mittelmeerraum vielgestaltigen Ausdruck. Die Verwendung türkischer Zahlenzeichen auf manchen Zifferblättern dieser Zeit stellt eher eine Mode als eine praktische Notwendigkeit für den Orientexport dar.

Signierte Empireuhren aus Wien, um 1800: „Josef Ruetschmann" (Bruder von Cajetano); „Philipp Fertbaur"; „Friedrich Quinche"; „Carolus Pacher"; „Josef Straub"; „Franz Heckel"; „Anton Wimberger"; „Joseph Riedl, 1788": Figurenuhr, anläßlich der Vermählung des Erzherzogs Franz mit Prinzessin Elisabeth Wilhelmine von Württemberg entstanden. (Abb. 10.)

Sägeuhr: Im Verlauf von 24 Stunden wandert das ganze Werk mit dem Gehäuse an einer sägeartigen Zahnstange abwärts. Derartige

Uhren benötigen kein an Schnur oder Kette hängendes Gewicht und besitzen auch keine das Werk antreibende Zugfeder. Sie treiben sich während des Abwärtsgleitens mit dem Eigengewicht an. Unten angelangt, werden sie einfach hinaufgeschoben und sind wieder für 24 Stunden gangbereit. Um 1790.

In der *mittleren Rundvitrine* gibt es eine Reihe von *großkalibrigen Taschenuhren* zu sehen. Sie wurden nicht in der Rocktasche, sondern auf der Fahrt mit der Postkutsche in der Reisetasche mitgeführt. Für den auf dem Rücken des Pferdes reitenden Kurier diente eine im Leder gepolsterte *Satteluhr*, an der er die Zeitangabe in ähnlicher Weise ablesen konnte, wie wir dies heute von der Zeituhr am Armaturenbrett unseres Autos tun. *Reise-*, *Wagen-* oder *Kutschenuhren*, die Vorläufer der heutigen Reisewecker, hatten einst die Form übergroßer Taschenuhren.

Die gezeigten Stücke entstanden zwischen 1700 und 1800.

Signierungen: „Miroir, Paris"; „Benjamin Ward, London"; „Johann Jacob Heckhel, Wien"; „Johann Georg Nesl, Graz"; „Johann Michael Sittle, Wien".

In dieser Vitrine liegt auch die handschriftliche „Beurkundung" des Wiener Bürgermeisters Leopold Franz Gruber über die bewilligte *Trennung der Großuhrmacher von der Schlosserzunft* als kleines Buch auf.

Nachdem die Kleinuhrmacher schon nahezu zwei Jahrhunderte ihre eigene Zunft besessen hatten, unternahmen 1769 die Großuhrmacher neuerlich den Versuch, selbständig zu werden. Anschließend an umständliche Eingaben und Ansuchen erfolgte am Beginn des Jahres 1770 endlich die „Kundmachung von der Separation der Großuhrmacher von der Schlosserzunft".

RAUM 7

Den Abschluß der Exponate des ersten Stockwerkes bildet eine Gruppe japanischer Meßinstrumente. *Diese seltenen Zeitmesser sind in jeder Hinsicht anders, als wir es von unseren Uhren gewohnt sind: Der Uhrzeiger ist an dem Gewicht befestigt, er wandert von oben nach unten an den Stundenmarken vorbei.*

Um die alte japanische Tageseinteilung auf mechanische Weise darstellen zu können, mußten europäische Uhrmacher recht eigenartige Zeitmesser erfinden und herstellen. Christliche Missionare brachten diese Geräte meist als Gastgeschenke für den japanischen Kaiser oder seinen Hofstaat mit. In der Togugawa-Periode vom 17. bis zum 19. Jahrhundert rechnete man in Japan noch immer nach zeitlich verschieden langen Temporalstunden. Zwischen Sonnenaufgang und Sonnenuntergang hatte der helle Tag sechs Stunden, und ebenso viele zählte die dunkle Nacht. Selbstverständlich änderte sich dabei im Verlauf der verschiedenen Jahreszeiten die jeweilige Länge für Tages- oder Nachtstunden.
Diesem Umstand mußten die Uhren Rechnung tragen; sie taten dies auch mit verschiebbaren Zeitmarken. Am japanischen Kaiserhof sorgten eigene Beamte oder Diener für die richtige Einstellung, sodaß im Sommer sechs sehr knappe Doppelstunden die Nacht durch Engstellung anzeigten und die rund doppelt so langen Tagesstunden mit sechs weit auseinandergerückten Zeichen dargestellt werden konnten. Im Winter war es umgekehrt. Der am Antriebsgewicht befestigte Zeiger wandert im Verlauf von 12 Stunden (die den 24 europäischen Stunden entsprechen) von oben nach unten daran vorbei.

Japanische Zeitmesser:

An der Wand: *Gewichtzuguhr* mit Schlagwerk und Doppel-Waagbalken für die veränderlichen Tages- und Nachtstunden. Um 1780.
In der Vitrine: *Pfeileruhren* mit verschiebbaren Stundenzeichen an der senkrechten Einteilung. Zwei dieser Uhren tragen im Antriebsgewicht das Stundenschlagwerk eingebaut.
Kleine Federzug-Standuhr mit im Kreise verstellbaren Stundenziffern. Darüber die Glocke für das Schlagwerk. Um 1770.
Tragbare Reiseuhr in einem silbernen länglich-flachen Fäßchen, dem sogenannten „Inro“ (japanisches Medizinfläschchen). Um 1800.
Chinesisch-japanische *Taschen-Sonnenuhr* (Holz).

Holländisch-friesische Wanduhren: Vierfüßige, auf hölzernen Wandkonsolen aufgesetzte, buntbemalte *Stuhluhren,* im Holländischen: stoelt-kloken. Seitlich naive Darstellungen von Nixen oder Meerweibchen. Über dem dachartigen Überbau hing meist ein handgesticktes Band als Verzierung, das den Eindruck einer Holländerhaube erweckte: daher die englische Bezeichnung „dutch hat clock“ Hut- oder Haubenuhr. Um 1790.

Andere holländische Wanduhren bezeichnete man wegen ihres einem Fischschwanz ähnlichen Gehäuses als staart-kloken, Schwanzuhren. *Über ihrem Zifferblatt bewegen sich auf der gemalten sturmgepeitschten See kleine plastische Schiffchen hin und her. Auf Fährbooten und Fischkuttern standen Schifferuhren in Verwendung, die mit kurzen, schnellschwingenden Pendelchen ausgestattet waren.*

ZWEITES STOCKWERK

Charakteristische technische Unterschiede zwischen österreichischen beziehungsweise Wiener Uhren und französischen Werken sind Gangdauer *und* Schlageinrichtung. *Während im 19. Jahrhundert die schon großteils in fabriksmäßiger Fertigung in Paris hergestellten Uhren eine achttägige Gangdauer, aber nur ein einfaches Stundenschlagwerk mit Schlagscheibe und Glocke besitzen, entstanden die Wiener Stockuhren oder Kommodenstanduhren noch in kleineren Werkstätten als reine Handarbeit; sie müssen täglich aufgezogen werden, ihre Schlageinrichtung vermag jedoch zumeist sowohl die Viertelstunden als auch die vollen Stunden zu künden und verfügt überdies über eine Repetiereinrichtung, die das beliebig häufige Wiederholen der letztvergangenen Schlagfolge gestattet. Dadurch ist — auch im Dunkeln — jederzeit durch Ziehen am Repetierschnürchen eine akustische Zeitangabe möglich. Als Klangkörper stehen in diesen Uhren fast immer zweitönige* Rundgongs *in Verwendung.*
Die ersten Repetierschlagwerke für Großuhren konstruierten die Engländer Edward Barlow *und* Daniel Quare *um 1676. In Taschenuhren wurden solche Einrichtungen erstmalig nach 1690 eingebaut. Bei den Wiener Biedermeieruhren fand eine Reihe früherer dekorativer Elemente weiterhin Verwendung. Der aus der Empirezeit stammende napoleonische Adler ist sowohl über den vergoldeten Rahmen- oder Goldrahmenuhren zu sehen als auch als Bekrönung auf den typischen Biedermeier-Stockuhren zu finden. Über dem*

V Globusuhr um 1800

kästchenartigen Unterbau erheben sich weiße Alabastersäulen, zwischen denen sich die runde aus einem Holzstock gedrechselte Uhrtrommel befindet. Im Übergang vom Empire zum Biedermeier bestanden auch die braun- oder schwarzpolierten Säulen aus gedrechseltem Rund- oder Stockholz. Gegen die Mitte des 19. Jahrhunderts erhielten diese Uhren Zierteile aus Perlmutter oder vergoldetem Messing, eine mehrteilige Spiegel-Rückwand und manchmal auch bunte Kunstblumen oder einen weißen Schwan hinter gebogenen Glasfensterchen. (Abb. 14, 16.)

RAUM 1

„Astronomisch-chronologischer Mechanismus": Den größten Teil nimmt ein drei Meter hoher Kasten ein, dessen Türen an einen Flügelaltar erinnern. Der steirische Pfarrer Dechant *Michael Krofitsch* baute in ihn eine Kunstuhr mit insgesamt 35 Zifferblättern, mehr als 40 Zeigern und zahlreichen Anzeigen ein, wie sie in ähnlicher Weise bei der Cajetano-Uhr beschrieben worden sind. Darüber hinaus vermag diese Uhr die verschiedenen Einteilungen des jüdischen, türkischen, persischen und des Julianischen Kalenders aufzuzeigen. Im großen rechten Ziffernring ist der derzeit gültige Gregorianische Kalender und der Ende des 18. Jahrhunderts dekretierte Französische Revolutionskalender mit allen Monatsnamen und Einteilungen ablesbar. Um 1815.

Rahmen- oder Goldrahmenuhren: Bei den vergoldeten Rahmenuhren ist im kunstvoll verzierten Mittelteil die normale Größe eines Wanduhrzifferblattes eingefügt. Hinter dem ovalen Ochsenaugenausschnitt wird das schwingende Pendel sichtbar. Um 1830.

Signierungen: „Schießl, Wien"; „Peter Rau, Wien". Um 1825. (Abb. 14.)

„Anton Liszt, Wien." Um 1840.

RAUM 2: BIEDERMEIERZIMMER

Stockuhren, Skelettuhren: Verschiedene Arten, teils mit Holzgehäusen über den aus Holz oder Alabaster gedrechselten Säulen,

teils, unter einem Glassturz, offen und frei sichtbare Räderwerke (Skelettuhren).
Signierungen: „Franz Xaver Hochhoffer, Wien", um 1820; „J. Deyerl, Wien", um 1805; „S. Detter, Wien", um 1830.

Pendeluhren, Bodenstanduhren mit Sekundenpendeln und Temperaturkompensation durch Verwendung von Quecksilber im Pendelkörper oder Rostpendelstäbe. Teilweise mit Anzeige der Äquation oder Zeitgleichung im Zifferblatt.

Laterndluhren: Der im Oberteil vorkragende verglaste Kastenaufsatz erinnert an eine Laterne.
Signierungen: „Alois Löffler, Wien", um 1845; „J. Alt, Berlin", um 1825; „Josef Thaller, Fünfkirchen", um 1835; „Joseph Jessner, Wien", um 1850; „Jacob Degen", um 1810; „Joseph Lechner, Pest", um 1820; „Franz Sterl, Mauer b. Wien", um 1830 (Abb. 13.); „Philipp Fertbauer, Wien", um 1810. (Abb. 12.)

Zappler: In der Eckvitrine sind zahlreiche Miniatur-Standuhren zu sehen. Die zappelig-schnelle Bewegung der sehr kurzen, vor dem Zifferblatt schwingenden Pendelchen hat diesen typischen Wiener Ührchen ihren Namen eingetragen. Die zierlichen Gehäuse sind vergoldet, teils mit Schmucksteinen verziert oder mit Perlmutter überzogen.
Signierungen: „P. Happacher, Wien", um 1820; „J. Rettich, Wien", um 1850; „Müller, Wien", um 1850; „J. Gamper, Wien", um 1851.

Bilderuhren: Innerhalb des Landschaftsgemäldes ist meist an einem Kirchturm ein zierliches Zifferblatt mit richtig funktionierenden Zeigern zu finden. Das dahinter befindliche normalgroße Stockuhrwerk schlägt auch die Viertel- und die vollen Stunden.
Bildmotive:
Altstadt Wien mit Donau und Ferdinandsbrücke, darauf die Jahreszahl MDCCCXIX, Uhrblatt im Stephansturm. Das Bild ist signiert: „C. L. Hofmeister pinx 1828". (Abb. 15.)
Baden bei Wien, Helenental: Zwei Zifferblätter an der Kirche und am Turm der Burg Rauhenstein. Um 1840.
Alte Kirche in Hietzing Am Platz. Um 1840.

St. Stephan mit Darstellung der bis gegen 1860 im Hochturm befindlichen Uhr. (Original-Turmuhrwerk im ersten Stock des Museums.) Fünf verschiedene Antriebswerke dieser Bilderuhr dienen dem Gehwerk, den beiden Schlagwerken für Viertelstunden und volle Stunden, lassen mit dem sogenannten Echoschlag die Stundenzahl noch einmal hören und mit dem Geläute zu Mittag oder um sechs Uhr abends die „Pummerin“ ertönen. Um 1840.

RAUM 3: TASCHENUHRENZIMMER

Aus dem weit über 1000 Stücke zählenden Taschenuhrbestand wurden bei der Neuaufstellung rund 250 ausgewählt, in acht Vitrinen in einzelne Gruppen unterteilt und so in größerer Übersicht den Besuchern zugänglich gemacht.

1. Vitrine: Zwiebelartige Ausführungen, deren Übergehäuse mit farbigem Schildpatt und zahlreichen Silbernägeln verziert sind.
2. Vitrine: Ebenfalls größere Uhren mit getriebenen, gravierten und guillochierten Silbergehäusen.
3. Vitrine: Taschen-Repetieruhren mit Schlagwerken und zum Teil mit beweglichen Figuren versehenen Zifferblättern. Die Uhren der untersten Reihe enthalten Miniatur-Spielwerke.
4. und 5. Vitrine: Zahlreiche sehenswerte Objekte mit kunstvollen Emailmalereien und Verzierungen auf dem Gehäuse oder innerhalb des Ziffernblattes. (Farbtafel IV.)
6. Vitrine: Golduhren, manche von ihnen mit besonders kunstvoll ausgeführten Werkeinrichtungen. Darunter auch Schlageinrichtungen für die akustische Angabe der Stunden, Viertel und Minuten, sogenannte Minutenschläger.
7. Vitrine (an der Wand): Uhren mit Vielfachanzeigen. Neben Angaben von Wochentagen, Monaten und Mondphasen finden sich hier auch Doppelzifferblätter mit zwei verschiedenen Ortszeiten in arabischen, römischen, türkischen und japanischen Schriftzeichen. Hier sind auch frühe Stoppuhren mit langem Zentral-Sekundenzeiger.
(Einen Einblick in die Technik der Uhrwerke bietet die *8. Taschenuhr-Vitrine* mit zahlreichen Skelettuhren im ersten Raum des dritten Stockwerkes.)

Bis gegen 1800 wurden die Taschenuhren beziehungsweise deren Zugfedern überwiegend mit kleinen Uhrschlüsseln aufgezogen, von denen ebenfalls eine Reihe verschiedenartigster Formen zu sehen sind. Obwohl das Remontoir, *der Aufzug mittels äußerer Krone, schon in der Mitte des 19. Jahrhunderts erfunden war, kam es doch erst in der Zeit um 1900 stärker in Anwendung.*

Die *Pultvitrine* in der Mitte des Raumes enthält viele Raritäten:
Zwei *Blindenuhren* mit abtastbarem Zeiger. Signiert: „Breguet et fils, Paris", um 1820.
Taschenuhr mit Sonnenuhr und Kompaß, „Joh. Christian Härrtl", um 1850.
Hölzerne Taschenuhr, signiert: „Johann Einberger in Lauffen", um 1880.
Eine sogenannte *Traueruhr* in schwarzem Holzgehäuse, „Charles Oudin, Paris", um 1890.
Zwei *Taktschläger* als *Taschenmetronome,* der eine von „Breguet et fils, Paris", um 1820, der andere von „Josef Nicolaus, Wien", um 1900.
Die große *Reiseuhr* trägt den Namen „Antoine Nicolas Delolme, Braunschweig", um 1820.
Zwei *Taschenuhren mit springenden Zeigern* stammen aus Wien. „J. Weißkopf" und „J. Holtzmann", beide um 1830.

In der *Kuriositätenvitrine* befinden sich als makabre Zeugen einer riesigen Brandkatastrophe die beiden zusammengeschmolzenen Taschenuhren, die zugrunde gingen, als nahezu 400 Menschen im Jahre 1881 beim Ringtheaterbrand ihr Leben verloren. Erinnerungen an ebenfalls tragische Zeiten erweckt eine kleine, zierliche Damenuhr aus Gold, die laut zuverlässigen Angaben der Spenderin aus dem Besitz der Königin Maria Antoinette stammt. Einstmals ein Geschenk an ihre diensttuende Kammerzofe, wurde die Uhr als wertvolles Erinnerungsobjekt von Generation zu Generation weitergegeben und blieb so bis heute erhalten. Signiert: „Frim", Schweiz-Frankreich, um 1780.

Neugotik, Neurenaissance (auch als „altdeutsch" bezeichnet), barocke Formen mit Boulle-Intarsien als Nachahmung, Rokoko-Majolika-Porzellan an hohen Bodenstanduhren, wuchtige Vasenuhren und vielfältige Nachbildungen der Empireuhren — alle diese Formen wurden gleichzeitig wiederbelebt.

Bodenstanduhr mit besonderem Minutenschlagwerk: Mit kunstvoll ausgeführtem Turm- und Türmchenwerk versehen, aus Holz geschnitzt. Beweis für das Bestreben, die Uhrgehäuse den jeweiligen architektonischen Stilformen nachzubauen. Die Uhr entspricht der Neugotik des Wiener Rathauses oder der Votivkirche. Das Schlagwerk verfügt über eine einmalige Besonderheit. Durch Schnurzug wird das sogenannte „Frage-Schlagwerk" aufgezogen, worauf es die im Zifferblatt ersichtliche Uhrzeit nach Stunden, Vierteln und Minuten angibt: zum Beispiel schlägt sie 1, 2, 3, 4, 5 Stunden, 1, 2 Viertel und 1, 2, 3, 4, 5, 6 Minuten, es ist somit sechs Minuten nach halb sechs oder fünf Uhr 36 Minuten. Wien, um 1860. (Abb. 17.)

Majolika-Porzellan-Bodenstanduhr: Über der kobaltblauen Porzellanglasur sind zahlreiche vergoldete Bronzeverzierungen im französisch verspielten Neu-Rokoko angebracht. Um 1880. (Abb. 18.)

Uhren-Aktualitäten: In diesem Raum finden wir auch Uhren mit den langgezogenen Gehäusen, den lianenhaften Verzierungen des Jugendstils und die Zeitmesser der „Wiener Werkstätte". Es sind Entwürfe von eher wuchtiger, kubisch-gepanzerter Ausführung. „Josef Hoffmann, Wien", um 1904. — Ein zierliches Modellfahrrad mit im Hinterrad eingebauter Uhr zeigt die Aktualität der Zeitmesser. Die Uhr geht immer „mit der Zeit" — in diesen Jahren war es das neue Fortbewegungsmittel, das Fahrrad. „Josef Nicolaus, Wien", um 1890. — Dreihundert Jahre nach Sir Francis Drakes Sieg über die spanische Armada entstand eine kleine Standuhr, die das Bild des gefeierten Seehelden neben einem Faß mit Kartoffeln zeigt; so geben uns diese Uhren Kunde vom Kunstempfinden und von jenen Dingen, die in der Zeit um 1900 interessierten. („Pfaffermaier, Wien.")

Bergwerksuhr: Besonders eindrucksvoll ist eine Uhr im gewichtigen Bronzeaufbau mit der Darstellung eines Bergwerkes, dessen Förderwagen vom Bergmann in den Stollen geschoben wird, während im Hauptschacht die Kohlenwagen auf und ab fahren. Das Bronzegehäuse wurde in Teplitz-Schönau entworfen und gegossen, die drei mechanischen Uhrwerke verfertigte 1890 der „k. k. Hofuhrmacher in Wien, Carl Morawetz".

DRITTES STOCKWERK — RAUM 1

Außer der bereits erwähnten Vitrine mit den *Skelett-Taschenuhren,* deren Werke durch das hintere Schauglas sichtbar sind, befinden sich in diesem kleinem Eckzimmer mehrere *Schwebeuhren,* auch Freischwinger genannt, bei denen das ganze Uhrwerk im Pendel eingebaut ist und mit diesem hin und her schwingt. („Emil Bertl, Wien, 1875.")

Große Kunstuhr von Meister Franz Zajicek: 1828 wurde in Wien Franz Zajicek geboren. Kaum 13jährig, trat er bereits bei dem Uhrmacher und Bürgermeister der Meidlinger Vorstadt Wenzel Rauch in die Lehre. Dort erwarb er sich durch Fleiß und Geschick ein hohes Maß an handwerklichem Können, 1855 heiratete er Elisabeth, die Tochter seines Lehrmeisters. Zwei Jahre später begründete er ein eigenes Geschäft und wurde 1860 „Hof- und Kammeruhrmacher". Neben seiner Berufsarbeit besuchte der junge Meister Zajicek verschiedene Fortbildungskurse an der Technischen Hochschule, studierte unzählige Bücher, insbesondere über Astronomie, und schuf so die Voraussetzung, die es ihm später ermöglichte, die kunstvolle Uhr in zehnjähriger Arbeit zu bauen. 1873, dem Jahr der Wiener Weltausstellung, war die Uhr vollendet. Sie wurde später im Kunstgewerbe-Museum ausgestellt und 1880 bei der Gewerbeausstellung in der Rotunde „gehörig bestaunt und oft belobt". Später wurde die Uhr aus den Mitteln des „Hoftiteltaxenfonds" um 8000 fl (Gulden) angekauft und wanderte wieder in das Kunstgewerbe-Museum, nun allerdings in ein abgelegenes Magazin, von wo sie erst 60 Jahre später, 1941, in das Uhrenmuseum kam und damit wieder in das Licht der Öffentlichkeit zurückkehrte.

Das in höchster Präzision ausgeführte Uhrwerk befindet sich in einem mehr als drei Meter hohen, prächtig geschnitzten Holzkasten. Ein 30 kg schweres Gewicht hält die Uhr mit einem Aufzug ein Jahr lang in Betrieb, während das 15 kg schwere Kompensationspendel für besondere Ganggenauigkeit sorgt.

Um das 60 cm große Zifferblatt — reich vergoldet und weiß-blau emailliert — sind 32 Türkissteine angeordnet. Innerhalb zahlreicher kleinerer Zifferblätter erfolgt die Anzeige der Uhrzeit für Wien, London und Paris, der Wochentage, Monatstage und Monatsnamen mit den Tierkreiszeichen, der jeweils richtigen Jahreszahl (bis zum Jahre 10.999) und des Mondalters.

Im obersten 24-Stunden-Ring zeigen Sonne und Mond die der Jahreszeit entsprechenden Auf- und Untergangszeiten an. Ebenso ist die im Verlauf des Jahres wechselnde Äquation oder Zeitgleichung erkennbar.

Bei abgenommenem Zifferblatt ist die sehr komplizierte und doch übersichtliche Anordnung des Räderwerkes zu sehen. Als Hemmung dient der Uhr ein ruhender Ankergang, in dem zwei aus Rubin verfertigte Palettensteine eingesetzt sind. Um dem Räderwerk für die Jahresgangdauer einen möglichst leichten Lauf zu sichern, sind 40 weitere, zum Teil sehr große Loch- und Decksteine für die Zapfenlagerung eingefügt.

Eine besondere Aufgabe kommt der vorprogrammierten Schalteinrichtung des „immerwährenden Kalenders“ zu. Ein Rad mit 48 verschieden tiefen Einschnitten läßt über einen Tasthebel die Umschaltung auf den nächsten Monatsersten nach 30, 31, 28 oder — nach vier Jahren einmal — erst nach 29 Tagen erfolgen. Mit einer vierjährigen Umdrehungszeit dieser Schaltscheibe ergibt sich eine völlig selbsttätige Umstellung, so wie auch alle anderen Indikationen vollkommen automatisch vom Uhrwerk durchgeführt werden. (Abb. 19.)

RAUM 2: AUTOMATENWERKE UND SPIELUHREN

Bodenstanduhr mit beweglichen Figuren: Nach den Viertelstundenschlägen der Uhr wandern die zwölf Apostel im Kreise herum und schlagen die vollen Stunden, selbst den Hammer schwingend, an die Glocke. Österreich-Ungarn, um 1700. (Abb. 20.)

Wanduhr mit Saitenspielwerk: Eine der sehr seltenen „Harfenuhren"; Schwarzwald, um 1750.

Große Bodenstanduhr mit Orgel- und Figurenwerk: Musikuhren mit Zirkusreitern erinnern mit ihren Klängen an die Weisen der Ringelspiele und Grottenbahnen im Wiener Prater. Große Orgel- und kleinere Flötenuhren können mit abgestimmten Holzpfeifen vielstimmige Musik hervorbringen. Die verschiebbaren Walzen dieser Uhren, aus Holz verfertigt, mit zahllosen Stiften besetzt, vermögen bis zu zwölf verschiedene Stücke zum Vortrag zu bringen. Um 1780.

Große Zimmerorgel mit Uhrwerkantrieb (ohne Uhr-Zeitangabe), „Joh. Christian Seyffert", Wien, um 1850.

Bei größeren, mechanisch betriebenen Zimmerorgeln gibt es auswechselbare Walzen, die längere Stücke mit einer Spieldauer von 300 Sekunden ertönen lassen. Antriebsgewicht 80 kg schwer.

Kleinere Federzug-Flötenspieluhr: „Anton Bayer, Wien", um 1860.

Wiener Stockuhren mit Zifferblattautomaten und Zungen-Spielwerken: Sehr häufig können im Zusammenhang mit der Schlageinrichtung an Kommodenstanduhren bewegliche Figuren, wie Hammerschläger, Schleifer und Schmied, agieren, auch sägende und hackende Holzarbeiter können durch solche zusätzliche Mechanik zum Leben erweckt werden. Weitgehend trifft auf diese Zeitmesser auch der Name Spieluhr zu, denn vielfach befindet sich im Sockel ein sogenanntes Metallkamm-Spielwerk, das nach jeder vollen Stunde automatisch seine klangreinen Weisen erklingen läßt.

Solche Musikwerke sind ebenso in vielen Rahmen- oder Goldrahmenuhren, aber auch in den bunten Bilderuhren zu finden. Im zweiten Viertel des 19. Jahrhunderts entstanden meist auf Blech gemalte Landschaftsbilder oder Darstellungen historischer Ereignisse, wobei im Bildmotiv das Miniaturzifferblatt an einer Burg, einem Stadt- oder Kirchturm zu finden ist. Dahinter befinden sich richtig gehende und schlagende Uhrwerke, die die Zeit sicht- und hörbar angeben können.

Bilderuhr mit Wasserfall und Mühle: Scheinbar fließendes Wasser, sich drehende Mühlräder und arbeitende Handwerker wollen ebenfalls mit der Mechanik das Leben nachahmen. Aber auch an kleineren Standuhren oder Wanduhren des vorigen Jahrhunderts kann man künstliches Leben bewundern. Bild signiert: „C. L. Hoffmeister, Wien, 1833."

Kinderschaukeln: Vor und zurück, auf und ab schaukeln Kinderfigürchen im Rhythmus der Pendelschwingungen. Aus dem Löwenmaul eines Brunnens scheint in dünnem Strahl Wasser zu fließen, während daneben ein Elefant mit Kopf und Rüssel nickt und mit dem Schwanz wippt. Um 1880.

Kleine Standuhr mit Fadenpendel: An der mit einem „fliegenden Pendel" ausgestatteten kleinen Standuhr soll an einer verlangend ausgestreckten Hand des zierlichen Figürchens, das den unaufhaltsam vorüberfliegenden Zeitfaden haschen möchte, das Verfliegen der Stunden erkennbar gemacht werden. Das Fadenpendel ist gleichzeitig „Hemmung" und Regulator. Um 1880.

Standuhr mit beweglichem Figurenautomaten: Fast unübersehbar ist der Ideenreichtum der spielerischen Bewegung an den sonst eher einfachen Zeitmessern. König Gambrinus schenkt sich zwölfmal in der Stunde den Becher voll, um ihn — genießerisch die Augen schließend — an den sich öffnenden Mund zu führen. Um 1890.

Käfig mit künstlichen Singvögeln: Der alte Wunschtraum der Uhrmacher, mit der Mechanik das Leben nachzuahmen, wird wohl am stärksten bei den künstlichen Singvögeln dokumentiert, an denen das Märchen Hans Christian Andersens vom Chinesischen Kaiser und dem Kunstvogel zur Wirklichkeit geworden scheint. Die beiden Vögel öffnen ihre Schnäbel, drehen possierlich die Köpfe herum und schlagen mit ihren Schwanzfedern den Takt zu dem naturgetreuen Vogelgezwitscher. Sogar an das Atemschöpfen wurde gedacht, nach einer kleinen Unterbrechung setzt das Gezwitscher mit neuem Schwung wieder ein. Um 1890.

Figurenuhr mit Seiltänzergruppe: Zu den Weisen eines Zungen- oder Metallkammspielwerkes bewegen sich die Figuren. Die Musikanten spielen sichtbar auf ihren Instrumenten und drehen die Köpfe herum, die Artistin auf dem Hochseil hebt die Füße und springt. „Vincenti & Cie.“, Wien, um 1830. (Abb. 21.)

RAUM 3: SCHWARZWÄLDER-HOLZUHREN

Während in den Metropolen der Welt längst kunstvolle Meisterwerke aus kostbarem Material verfertigt wurden, stellte man in rein bäuerlichen Gebieten die Zeitmesser noch fast zur Gänze aus Holz her. Es entwickelte sich, vorwiegend in den abgeschiedenen Tälern des Schwarzwaldes, eine vorerst bescheidene Uhren-Hausindustrie. Im 17. Jahrhundert wurden nahezu alle Teile aus Birn- oder Buchenholz von der Hand eines Meisters verfertigt. Später ergab sich nach und nach, mit größeren Fertigungszahlen, eine bestimmte Arbeitsteilung. Es gab Räderdreher, Kettenmacher, Zifferblattmaler, Glockengießer, Tonfedermacher und eigentliche Uhrmacher, die alle Teile zu tickenden Zeitmessern zusammenfügten. Zu den bekanntesten Erzeugnissen zählen sicherlich dabei die Kuckucksuhren. Die dort verwendeten Pfeifen, einfache hölzerne viereckige Röhrchen mit je einem zierlichen Blasebalg, führten zum Beginn eines neuen Entwicklungsabschnittes, zum Anfang der künstlichen Pfeifen- oder Blasmusik.
Nachdem gegen 1730 in Schönwald unter den Uhrmachern Anton Ketterer *und* Michael Dilger *die ersten einfachen Kuckucksuhren angefertigt worden waren, baute man einige Zeit später auch Uhren, die die Viertelstunden mit dem Wachtelschlag verkünden konnten. Im weiteren Verlauf der Entwicklung fügte man mehrere abgestimmte Pfeifen zusammen und ließ kurze Melodienfolgen erklingen.*

In dem Zimmer, das den hölzernen Bauernuhren gewidmet ist, mangelt es nicht an Ton und Bewegung. *Wachtel und Kuckuck* öffnen ihr Türchen, rufen die Viertel- und die vollen Stunden aus. Vor der Kaserne oder dem gemalten Schloßtor über dem Zifferblatt wandert die *Schildwache* auf und ab. Es ist dies ein durch die Pendelschwingung hin und her gerücktes kleines Figürchen. Der augendrehende *Lällenkönig* — eine kleine Nachahmung des einstmals an der Basler Stadtmauer befindlichen Originals — streckt mit jedem Stundenschlag die Zunge heraus. Acht gläserne Glocken einer hölzernen *Glasglocken-Spieluhr* zirpen den Jägerchor aus dem „Freischütz", worauf man aus dem benachbarten hellklingenden *Metallglocken-Spielwerk* eine amboßklirrende Hammerschlagpolka zu vernehmen meint. Eine *Flötenspiel-Wanduhr* gleicht in ihrem Äußeren weitgehend einer dekorativen, mit vielen plastischen Holzschnitzereien versehenen Kuckucksuhr. Nur kommen hinter den beiden Türchen nicht künstliche Vögel hervor, sondern ein sich nach vorn schiebendes Männlein — ein Hirte oder Schäfer — scheint das durch das Spielwerk hervorgebrachte Lied selbst zu blasen. Die Uhren entstanden zumeist im letzten Drittel des 19. Jahrhunderts.

RAUM 4

Der letzte Ausstellungsraum enthält eine Reihe *seltener Kunstwerke* und allerlei *mechanische Raritäten.*
So soll eine riesige Zugfeder eine Pendeluhr fünf Jahre lang in Gang halten („Eduard Wensch, Wien", um 1900). Rollende Kugeln scheinen dies bei einem sogenannten Perpetuum mobile bis in die Ewigkeit zu tun („Joh. Voggenberger, Wien", um 1920). Skelettisierte Meisterstücke geben den Einblick in die komplizierten Rädereinrichtungen frei („Alois Schenk, Wien", Meisterstück um 1840). Während eine Uhr mit Hilfe eines sich drehenden Himmelsglobus die Weltzeitstunden angibt, läßt ein chinesisches Werk die Sternbilder mit der aus Kupfer getriebenen Himmelskugel vorbeiziehen. Eine andere Globusuhr trägt die Signierung: „inventit: Dr. H. Felber, fecit: Ignaz Rind"; Wien, um 1880.

„Chronoglobion": Das Weltall im kleinen. Griechische Mythologie und exakte Wissenschaft, antike Formen und präzise Mechanismen fanden seit dem 16. Jahrhundert immer wieder neue interessante Verbindungen. Ein schönes Beispiel dafür bildet das Chronoglobion, eine um die Wende des 18. Jahrhunderts von einem unbekannten österreichischen Meister geschaffene skelettisierte Standuhr. Über einem runden, aus Bronze gegossenen Sockel erhebt sich mit gebeug-

tem Rücken die eherne Gestalt des Atlas, der der griechischen Sage nach zur Strafe für die Beteiligung am Sturm der Titanen gegen den Olymp vom Göttervater Zeus dazu verurteilt wurde, ständig das Himmelsgewölbe auf seinen Schultern zu tragen. Auf den Schultern unserer Figur ruht eine mächtige Glaskugel. An ihr sind in geätzten Linien der Himmelsäquator, die Wendekreise des Krebses und des Steinbockes, die Polarkreise und der Verlauf der Milchstraße eingezeichnet. Kleine blinkende Goldblättchen bezeichnen die größeren hellen Fixsterne.

Innerhalb dieser Kugel wird die Sonnenbahn, die Ekliptik, als großer blauer Ring dargestellt. Auf seinem Umfang gibt eine Einteilung die zwölf Monate an. Im Verlauf eines Jahres werden die eingravierten 365 Tage vom goldenen Strahlenzeiger der Sonne durchwandert. Am 21. Juni hat er — so wie die Sonne selbst — den höchsten Stand erreicht. Mit jedem Tag sinkt er tiefer, gibt am 23. September mit der halben Höhe die Herbst-Tag- und Nachtgleiche an und vor Weihnachten, im tiefsten Stand, die Wintersonnenwende.

So wie im alten ptolemäischen Weltsystem die Erde im Mittelpunkt des Alls stand, so sehen wir auch hier den Globus im Mittel der gläsernen Himmelskugel. Die Erdachse weist gegenüber der Sonnenbahn eine Neigung von 23½ Grad auf, eine Umdrehung der Erdkugel erfolgt in genau 24 Stunden.

Zwei durch einen sinnreichen Mechanismus geführte Zeiger umfassen sichelförmig den Erdball und geben damit die der jeweiligen Jahreszeit entsprechenden Sonnen-Auf- und Untergangszeiten an. Die Tag- und Nachtlängen lassen sich daraus für die verschiedenen Orte unseres Planeten ersehen. Auf der von der Sonne abgewendeten Globushälfte wandert ständig ein kleinerer Ring mit, in dem in plastisch hervortretenden Buchstaben die Bezeichnung „Erdschatten" zu lesen ist.

Um auch den Mond in einem synodischen Umlauf von 29½ Tagen darzustellen, hat der Meister eine winzige, je zur Hälfte schwarzweiße Kugel eingefügt. Ihre Stellung zeigt im Verlauf eines Monats deutlich die von der Sonne beschienene helle Seite sowie die für uns sichtbare Lichtgestalt des Erdtrabanten. Die Bewegung erfolgt durch frei sichtbare Räder, die in den großen äußeren Zahnkranz eingreifen. Der Antriebsmechanismus selbst ist ziemlich klein gehalten. Es han-

delt sich um ein zierliches 8-Tage-Federzugwerk mit einem rückführenden Ankergang. Das kurze Kugelpendelchen ist an einem Seidenfaden aufgehängt. Im Zifferblatt sehen wir neben der normalen Uhrzeit eine Reihe von exzentrischen Kreisen, die uns die Sonnennähe oder -ferne der einzelnen Planeten veranschaulichen sollen. In einem elliptischen Ausschnitt des Zifferblattes erscheint täglich nach Mitternacht der richtige Wochentagsname.
Die große Glaskugel besteht aus zwei Teilen, sodaß nach Abnahme der oberen Hälfte alle Teile der Einrichtung gut zugänglich werden. Im normalen Gebrauch ist dies jedoch nicht nötig, denn für die Betätigung des Aufzuges und für das Zeigerstellen kann ein besonders langer Schlüssel von außen angewendet werden. In der Glaswand vorgesehene kleine Bohrungen geben den Weg ins Innere frei. Mit dem unterhalb des Zifferblattes sichtbaren großen Zahnrad können überdies die Datumsanzeigen und die Mondphasen besonders rasch der Wirklichkeit angepaßt werden.
Leider ist dieses schöne Stück nicht signiert, doch kann mit ziemlicher Sicherheit angenommen werden, daß es altösterreichischen Ursprungs ist. Die Herstellung erfolgte Ende des 18., Anfang des 19. Jahrhunderts möglicherweise in Prag. (Farbtafel V.)
Neben diesen einmaligen technisch-künstlerisch wertvollen Objekten gibt es hier auch zahlreiche bereits in Manufakturen serienmäßig hergestellte Uhren sowie Schaustücke der heutigen industriellen Massenerzeugung.
Zusammenfassend soll hier vorwiegend für den Uhrmachernachwuchs und den Fachmann, aber auch für den speziell interessierten Laiensammler ein Überblick über die technischen Sachgebiete möglich sein. Hier sind fast alle *Hemmungsarten* im Original oder im Modell erkennbar. Reichhaltig ist die Serie der verschiedenen *Schlagwerkseinrichtungen.* Vom einfachen Stunden-Glockenschlag, geregelt durch die uralte Schlagscheibe, über Rechenschlagwerke mit Repetieranordnung mit Rundgongfedern oder den mehrtönigen Westminster-Gong bis zum raumsparenden, modernen Membran-Gong sind so ziemlich alle Typen in Ton und Technik vertreten.

Eine Gruppe von Taschenuhren erläutert den *Werdegang des Selbstaufzuges;* Bügeldruck, Bügelzug, Deckelbewegung bei der Doppelmantel-Savonetteuhr, der Schwinghammer des Schrittzählerprinzips, schließlich die rotierende Schwerpunktmasse der modernen *„Automatic"-Uhren.* Es fehlen auch nicht die *„elektrischen Armbanduhren"*, deren Antriebspule von einer winzigen Energiezelle gespeist wird. *„Mysteriöse" Uhren,* ohne leicht erkennbaren Antrieb oder Aufzug, stehen neben den „automatischen" Wand- und Standuhren, deren Kraftquelle aus dem Netzstrom, der Batterie, dem Temperatur- oder Luftdruckunterschied, aus Wasserstoffgas oder anderen Medien gespeist wird. Die elektrischen Zwischenstufen der Entwicklung, wie Kompressorlampe, Synchronmotor, Motor- oder Klappankeraufzug für die Zugfeder oder einen Gewichthebel können ebenso in ihrer Funktion studiert werden wie der *elektrische Pendel- oder Unruhantrieb.* Bei diesem kann der Batteriestrom mit Schwingspule oder Schwingmagnet und einer Transistorschaltung ohne jedweden mechanischen Kontakt verarbeitet werden.

Quarzchronometer: In diesem Raum ist auch eine ganz moderne Uhr, ein tragbarer *Quarzchronometer* der Firma Patek Philippe in Genf, zu sehen. Akkumulator und eingebautes Ladegerät ergeben die Möglichkeit der Verwendung in Innenräumen mit Netzanschluß, die Gangreserve erlaubt auch die Benützung im Freien. Auch für die normale Wohnraumuhr stehen heute bereits ausgereifte, wohlfeile Quarzuhren in Verwendung, deren Ganggenauigkeit weit über der mechanischen Federzuguhr liegt.

Die wissenschaftliche (nicht öffentliche) *Bibliothek* des Museums enthält eine Fülle von Fachwissen in Form von älteren und neueren Uhrenbüchern, Katalogen und Broschüren, alten Preislisten und Uhrmacher-Kalendern. Unter den Fachzeitungen, die zum Teil mehr als 100 Jahre zurückreichen, sind die „Österreichisch-Ungarische", die „Grazer" und die Wiener Fachblattausgabe vollständig vertreten. Unerschöpfliche Fundgruben stellen die vielen Bände der „Deutschen Uhrmacher-Zeitung", des „Journals der Uhrmacher-Kunst", die „Neue Uhrmacher-Zeitung" aus Ulm, „Die Uhr" aus Bielefeld, die „Uhrmacher-Woche" und viele andere Fachzeitungen des deutschen, französischen und englischen Raumes dar. Vereinzelt sind aber auch die Schweiz, Ungarn, die Tschechoslowakei oder Dänemark mit ihren nationalen Uhrmacherzeitungen vertreten.

Meisterbücher und eine umfangreiche Namens-Kartei, insbesondere der Wiener Uhrmachermeister, werden von interessierten Sammlern aus der ganzen Welt in Anspruch genommen, wenn sie von einer für sie wertvollen Uhr die richtige Entstehungszeit erforschen wollen. Für die Auswertung dieser geistigen Schätze steht eine vom Begründer des Museums, Rudolf Kaftan, begonnene und später ständig erweiterte Sachkartei mit einem Stichwortverzeichnis zur Verfügung, das auf die verschiedenartigsten Anfragen aus dem In- und Ausland schon sehr häufig die ersten wichtigen Suchhinweise zu geben vermochte.

Im weiten Bogen umspannen somit Ausstellung und Bibliothek rund 600 Jahre Uhrengeschichte; von den frühesten, erhalten gebliebenen Räderwerken aus der Zeit der Gotik bis zu den modernsten Meßinstrumenten der Gegenwart.

Die Uhren geben ein anschauliches Bild der technischen Entwicklung und der jeweiligen Stilformen, darüber hinaus aber vermögen sie sehr wohl die allgemeinen und besonderen Interessensphären der Menschen innerhalb einer bestimmten Zeit aufzuzeigen.

ABBILDUNGSVERZEICHNIS

Farbbilder:

I *Sanduhr* mit 3-Stunden-Laufzeit, Höhe 390 mm; signiert: „In Noribergensis Fecit Johannes Andreas Zick", Nürnberg, 1664.

II *Eiserne Wanduhr* mit Gewichtzug, Spindelgang und kurzem, vor dem Zifferblatt schwingendem „Kuhschwanzpendelchen", einzeigrig, Stundenschlagwerk auf Glocke; Höhe (ohne Gewichte) 360 mm; Österreich, um 1700.

III *Kommodenstanduhr,* gegenüber der hohen Bodenstanduhr kleiner, „gestutzter", darum sogenannte „Stutzuhr"; Spindelgang mit kurzem Pendel hinter dem Werk, Vierviertel-Repetierschlageinrichtung auf Glocken, Datumanzeige, Holzgehäuse mit vergoldeten Schnitzereien, Tragbügel aus Metall gegossen, vergoldet; Höhe 530 mm; Zifferblatt signiert: „Josef Schreiblmayr, Wien", um 1775.

IV *Silberne Spindel-Taschenuhr,* Zifferblatt vergoldet, mit Emailmalereien, Schlüsselaufzug; Durchmesser 52 mm, Wien, um 1820. *Gold-Email-Taschenuhr mit Miniaturmalerei;* Durchmesser 50 mm; Werk signiert: „Blondel et Melly, Genf", um 1800.

V *Globusuhr.* Die aus Bronze gegossene Figur des Atlas trägt auf den Schultern die gläserne Himmelskugel, darauf Darstellung der Polar- und Wendekreise, des Äquators und der Milchstraße, in der Mitte die sich im Laufe von 24 Stunden einmal drehende Erdkugel, Wochentagsanzeige, Mondumlauf und jahreszeitlich bedingte Veränderungen des Sonnenstandes. Antriebsmechanik: Kleines Federzugwerk mit 8-Tage-Gangdauer, Ankerhemmung und kleinem Pendelregulator; Glaskugel-Durchmesser 320 mm, Höhe 650 mm. Österreich, um 1800.

Schwarzweißbilder:

1 *Werk der Turmuhr von St. Stephan in Wien,* Ankerhemmung und Stundenschlagwerk, Höhe 2200 mm; „Jacob Joachim Oberkircher, Wien", 1699.

2 *Eiserne Wanduhr mit Stundenwecker für den „Türmer",* Gewichtzug, Spindel-Waaghemmung, einzeigrig; Höhe 420 mm; um 1450.

3 *Eiserne Standuhr auf hölzerner Wandkonsole,* Spindelgang mit Radunruhe, sogenannte „Unrast"; im gotischen Spitzbogen die beiden Glocken für Viertel- und Stundenschläge; Höhe 950 mm; im Stile des 16. Jahrhunderts.

4 *Anhänger- oder Halsuhr,* reich verziertes Metallgehäuse, vergoldet, einzeigrig, eisernes Räderwerk mit Spindel-Löffelbalance, Wecker und Stundenschlag auf Glocke; Durchmesser 65 mm, Höhe 25 mm; um 1540.

5 *Renaissance-Türmchenuhr,* vergoldetes Bronzegehäuse, Baluster aus Rubinglas, zwei Zifferblätter für Viertel- und Stundenanzeige, Stundenschlag auf Glocke; Höhe 390 mm; um 1620.

6 *Barock-Kommodenstanduhr,* holzgeschnitztes Gehäuse, bemalt und vergoldet, unter dem Zifferblatt „Chronos" als Gott der Zeit, Viertel- und Stundenschlag auf Glocke; Höhe 850 mm; um 1750.

7 *Astronomische Kunstuhr von Frater David a S. Cajetano,* neben zahlreichen Kalenderdaten, Anzeigen für Planetenumläufe, Äquation, Präzession, Sonnen- und Mondesfinsternisse und rund 80 verschiedene Ortszeiten rund um den Erdball; Kastenhöhe 2600 mm, Werk 750 mm hoch; Wien, 1769.

8 *Phantasieform-Uhren in Gold-Emailgehäusen,* Miniaturwerke mit Spindelhemmung; Höhe 24 bis 46 mm; Glocke; Apfel; Kugel; Birne signiert: „Pietro del Boseto di Blesio", um 1800; offene Kugel signiert: „Noville à Vienne", um 1795.

9 *Schmuck-Anhängeruhr* in Form einer goldenen rot emaillierten Violine, bei Druck auf das untere Knöpfchen springt die Rückwand auf, das Uhrzifferblatt wird sichtbar; Höhe 75 mm; signiert: „Bordier a Geneve", um 1800.

10 *Figurenuhr,* entstanden anläßlich der Vermählung des Erzherzog Franz mit Elisabeth Wilhelmine von Württemberg im Jahre 1788; Höhe 720 mm; Zifferblatt signiert: „Joseph Riedl in Wien."

11 *Empire-Bronzeuhr,* vergoldet, teilweise patiniert, als figurales Beiwerk antike Masken und Fabelwesen, Putten mit erhobener Fackel, dem Symbol des Lebens, ägyptische Gestalten und als Bekrönung die Büste der Pallas Athene; Höhe 460 mm; Wien, um 1800.

12 *Pendeluhr mit Ankerhemmung,* 8-Tage-Gangdauer, Datumanzeige; Höhe 1420 mm; signiert: „Philipp Fertbauer, Wien", um 1815.

13 *Pendeluhr mit Doppelgewicht,* Jahresgangdauer, skelettisiert, oberer Glaskasten vorspringend, sogenannte „Laterndluhr"; Höhe 1480 mm; signiert: „Franz Sterl, Mauer bei Wien", um 1830.

14 *Schild-Goldrahmenuhr,* vergoldete Holzschnitzerei, Datumanzeige, Viertel- und Stundenschlag auf Rundgongfedern; Höhe 730 mm; signiert: „Peter Rau, Wien", um 1825.

15 *Bilderuhr,* Altstadt Wien mit Ferdinandsbrücke über den Donauarm, Uhrzifferblatt am Stephansturm; Höhe 720 mm; Bild signiert: „C. L. Hofmeister pinx 1828."

16 *Biedermeier Stockuhr* mit beweglichen Zifferblattfiguren, Schleifer und Schmied, bei Viertel- und Stundenschlägen auf Tonfedern, vergoldete Holzschnitzereien und Metallverzierungen, Säulen aus weißem Alabasterstein; Höhe 680 mm; Wien, um 1830.

17 *Neugotische Bodenstanduhr,* Kasten mit filigraner Holzschnitzerei, außergewöhnliches Zugschlagwerk für Angabe der Stunden, Viertelstunden und Minuten auf Glocken; Höhe 3050 mm; Wien, um 1860.

18 *Historistische Rokoko-Uhr,* Majolika-Porzellangehäuse mit vergoldeten Bronzeverzierungen; Höhe 2380 mm; um 1880.

19 *Uhr der Wiener Weltausstellung 1873,* großes emailliertes Zifferblatt für die Anzeigen der Kalenderdaten, Ortszeiten für Wien, London und Paris, Äquation, Sonnenauf- und -untergang mit Tages- und Nachtlänge, Mondumlauf; Jahresgangdauer; Kastenhöhe 3000 mm, Zifferblattdurchmesser 580 mm; signiert: „Franz Zajicek, Wien."

20 *Frühes Figuren-Automatenwerk* aus einer großen Bodenstanduhr, eisernes handgeschmiedetes Räderwerk, entsprechend der Stundenzahl schlägt jede Figur (Apostel) im Vorbeiwandern mit dem Hammer einmal auf die Glocke. Werkhöhe 350 mm; Österreich-Ungarn, um 1700.

21 *Figuren-Automatenwerk* mit beweglicher Seiltänzergruppe, Artisten- und Musikantendarstellung, Zungen- oder Metallkammspielwerk; Höhe 600 mm; signiert: „Vincenti & Cie", um 1830.

WIENER THEMEN

Waltraud Neuwirth

PORZELLAN AUS WIEN

Von du Paquier zur Manufaktur im Augarten

Dieses weite Gebiet umfaßt die Werke der 1718 gegründeten Manufaktur in der Roßau, die Porzellanmalereien und Fälschungen des späten 19. Jahrhunderts, Jugendstil-Porzellane nach Entwürfen von Hoffmann und Moser sowie die Arbeiten der Manufaktur im Augarten.

Kurt Kahl

DIE WIENER UND IHR BURGTHEATER

Hausherr im Burgtheater war der Kaiser. Der zahlende Untertan war nur geduldet. Für ihn war diese Bühne Erziehungsanstalt und Salon in einem. Seit jeher aber wirkte das Wiener Publikum kräftig auf sein Theater zurück.

Gerhard Eberstaller

ZIRKUS UND VARIETÉ IN WIEN

Zwei verwandte und doch verschiedene Genres, die in Wien auf eine wechselvolle Geschichte zurückblicken können. Die Kunst der Artistik hat trotz mancher Krisen auch in Österreich alle Zeiten überdauert und präsentiert sich in zukunftsträchtiger Form.

Jugend und Volk Wien München

J&V

WIENER THEMEN

Reinhard Urbach

DIE WIENER KOMÖDIE UND IHR PUBLIKUM

Stranitzky und die Folgen

Die Wiener Komödie ist nicht harmlos. Als fröhliche Katastrophe übt sie mit Hanswurst, Bernardon, Papageno, Kasperl, Waberl und den Rollen Nestroys Kritik und demonstriert die Überlegenheit der Untergebenen.

Otto Erich Deutsch

MUSIKALISCHE KUCKUCKSEIER

und andere Wiener Musikgeschichten

Otto Erich Deutsch hat den auf authentischer Grundlage basierenden musikalischen Tatsachenbericht als wirksamstes Mittel gegen die legendenhafte und anekdotische Verfälschung geschaffen. Seine nachgelassenen Essays sind Dokumentation und literarisches Kunstwerk zugleich.

Jugend und Volk Wien München